ÜBER DIESES BUCH

Michael Strogoff, der Kurier des Zaren, gehört zu Vernes unsterblichen Figuren. In einem verbrecherischen Privatkrieg gegen das Haus Romanoff wiegelt der Verräter Ogareff die Tataren auf, um den Bruder des Zaren umzubringen. Um ihn zu warnen, braucht es einen Kurier von der tapfersten Sorte. Auf seinem Weg muß Strogoff Naturkatastrophen, Hunger, Durst, wilde Tiere und sich selbst mehr als einmal besiegen; Feinde fangen ihn, foltern ihn nach Tatarenart und blenden ihn schließlich ... Wird er es trotzdem schaffen, seinen Auftrag auszuführen?

Jules Verne ist nicht nur mit Genuß und Spaß zu lesen – er ist in dieser neuen Ausgabe auch literarisch wieder zu entdecken. Der von Max Rheub übersetzte und eingerichtete Text dieses Bandes zeigt wieder die ganze erzählerische Frische und den klugen Witz Jules Vernes. Die Holzstich-Illustrationen stammen aus der ersten französischen Gesamtausgabe.

DER AUTOR

Jules Verne wurde 1828 in Nantes (Frankreich) geboren. Er studierte Jura, schrieb Theaterstücke und Operetten und brachte schließlich als 34jähriger seinen ersten Roman ›Fünf Wochen im Ballon‹ heraus, nachdem fünfzehn Verlage die Annahme des Manuskriptes abgelehnt hatten. Vernes triumphaler Erfolg begann. Er schrieb 98 Bücher, für die er die Stoffe auf Reisen und aus Zeitschriften und Büchern zusammentrug.

Nach der Bibel und den Werken Lenins und Tolstois sind Jules Vernes Bücher am häufigsten übersetzt worden. Verne starb 1905 in Amiens.

Jules Verne

Der Kurier des Zaren

Roman

Fischer Bücherei

In der Fischer Bücherei
April 1969
Umschlagentwurf: Heinz Edelmann
Titel der französischen Originalausgabe: ›Michel Strogoff‹
Neu übersetzt und eingerichtet von Max Rheub
Mit Holzstich-Illustrationen der ersten französischen Gesamtausgabe
im Verlag Hetzel, Paris
Fischer Bücherei GmbH, Frankfurt am Main und Hamburg
Lizenzausgabe mit freundlicher Genehmigung
des Verlages Bärmeier & Nikel, Frankfurt am Main

Gesamtherstellung: Hanseatische Druckanstalt GmbH, Hamburg
Printed in Germany

Der Kurier des Zaren

Michael Strogoff besaß einen Körper aus Eisen,
aber darin schlug ein goldenes Herz.

1

»Gott strafe die Tataren!«

Der Zar war erregt. Mit großen Schritten durchmaß er sein Arbeitskabinett. Nicht ohne Beunruhigung beobachtete ihn der Polizeichef. Er getraute sich nicht, seine Meinung zu sagen. Früher, so dachte er, war eben alles anders. Da gab es keine Amnestie, da ließ man keine Milde walten. War einer erst in Sibirien gelandet, dann hatte er ausgespielt. Wie lautete doch der Grundsatz des verstorbenen Justizministers? »Ein Verbannter wird erst gefährlich, wenn man ihn begnadigt.« Und was hatte der General Kissoff heute morgen gesagt, als das Ausmaß der Verschwörung zu erkennen war?

»Das haben wir von dieser neuen Mode!« hatte er ausgerufen. »Einmal mußte so ein Ogareff kommen.«

Es vergingen einige Minuten, während deren Schweigen bewahrt wurde. Endlich raffte sich der Polizeichef auf, trat zu dem Zaren, der sich inzwischen auf einen Sessel geworfen hatte und dem von der alten Moskowiterstadt zum Neuen Palais hinaufdringenden Lärm zu lauschen schien, räusperte sich und sagte:

»Haben Majestät Befehle erteilt, daß diese Invasion schleunigst unterdrückt werde?«

»Ja«, sagte der Zar, »das letzte Telegramm, das noch bis Nischnij-Udinsk gelangen konnte, hat die Truppen der Gouvernements Jeniseisk, Irkutsk, Jakutsk sowie die der Provinzen Amur und Baikal alarmiert. In Eilmärschen sind die Grenzkosaken und die Regimenter von Perm und Nischnij-Nowgorod nach dem Ural unterwegs. Leider werden sie einige Wochen benötigen.«

»Und der Bruder Ihrer Majestät, der Großfürst, der zur Zeit im Gouvernement Irkutsk eingeschlossen ist, hat er mit Moskau keine Verbindung mehr?«

»Nein!«

»Aber er weiß doch aus den letzten Telegrammen, welche Maßnahmen von Euer Majestät getroffen worden sind und welche Hilfe er erwarten darf?«

»So ist es«, bestätigte der Zar, »aber er weiß nicht, daß Iwan Ogareff nicht nur der Anführer der rebellierenden Tataren, sondern auch der persönliche und blutdürstige Feind des Großfürsten ist. Meinem Bruder hat es Ogareff ja zu verdanken, daß er in Ungnade fiel. Die Ochrana hat die voraussichtlichen Pläne des Verräters ermittelt. Er will nach Irkutsk gelangen, um dem Großfürsten unter falschem Namen seine Dienste anzubieten. Das sagen meine Berichte. Hat er erst sein Vertrauen, sind die aufgewiegelten Tataren und Kirgisen erst in Irkutsk, so wird Ogareff die Stadt und mit ihr meinen Bruder ausliefern. So stehen die Dinge. Das ist es, was der Großfürst wissen muß.«

»Nun, Majestät, ein Kurier . . .«

»Den brauche ich jetzt!«

»Und er wird sich sputen müssen«, fügte der Polizeichef hinzu. »Wenn Euer Majestät mir diesen Scherz zu machen erlauben: der Boden Sibiriens ist zur Zeit recht heiß.«

Der Zar reagierte nicht. Er verharrte nachdenklich. Unwillkürlich legte sich seine Hand um den Griff seines kostbar verzierten Degens, hob sich dann nach den Augen und bedeckte sie für eine Weile. Blendete ihn das Licht der Kronleuchter? Suchte er das Dunkel, um in sein Inneres schauen zu können? Nur ein Kurier konnte die von den Aufständischen gekappte Telegraphenleitung ersetzen, und dieser Mann würde 5523 Kilometer in kürzester Frist zurücklegen müssen.

»Werde ich einen solchen Mann finden?« fragte sich der Zar.

In diesem Augenblick öffnete sich die Tür des kaiserlichen Kabinetts. Der Türsteher meldete den General Kissoff.

»Der Kurier . . .?« fragte gespannt der Zar.

». . . ist zur Stelle, Majestät!« rief General Kissoff.

»Ist es der richtige Mann?«

»Zu Befehl, Majestät!«

»Du kennst ihn?«

»Jawohl, Majestät. Er ist ein ganzer Kerl, kaltblütig, intelligent, tapfer und zudem gebürtiger Sibirier.«

»Wie alt?«

»Dreißig Jahre.«

»Ist er kräftig und gesund?«

»Er vermag Hitze, Kälte, Hunger, Durst, Strapazen jeglicher Art zu ertragen. Wo andere scheitern, arbeitet er mit Erfolg. Er ist der beste von unseren Leuten.«

»Hat er einen Körper von Eisen und ein Herz von Gold?«

»Zu Befehl, Majestät!«

Kurz darauf stand Michael Strogoff im Kabinett des Herrschers aller Reußen. General Kissoff hatte wirklich nicht zuviel versprochen. Michael Strogoff war von hoher Gestalt, kräftig und breitschultrig. Sein Brustumfang betrug 117 cm (eingeatmet), der seines Oberarms 41 cm, und obwohl er über 180 Pfund wog, war unter seiner Haut kein Gramm Fett zuviel. Sein mächtiger Kopf zeigte die schönen Eigentümlichkeiten der kaukasischen Rasse. Seine Glieder waren festgefügt wie Maschinenteile. Dieser schöne, kräftige, gut gebaute, voll entwikkelte Mann konnte nicht so leicht von der Stelle gebracht werden. Wo er einmal mit beiden Füßen auf dem Boden stand, da stand er auch wie angewurzelt. Auf seinem von oben gesehen viereckigen, in der Stirngegend breiten Schädel kräuselte sich üppiges Haar in Locken. Sein Gesicht war ungewöhnlich bleich. Die Augen leuchteten in tiefem Blau. Ihr Blick, frei, gerade und durch nichts zu irritieren, funkelte unter den Bogen der leicht zusammengezogenen Brauen. Die überaus kräftige, breite Nase sprang über einem harmonisch geformten Mund hervor, dessen Lippen Edelmut und Freundlichkeit verrieten. Strogoff war ein Mann rascher Entschlüsse, ein Mann, der niemals auf den Nägeln kaute, sich niemals in Zweifeln befangen hinter den Ohren kratzte, ein Mann von zwar soldatischer Nüchternheit, der jedoch, wenn es ans Marschieren ging, sich stets eine gewisse Lässigkeit zu bewahren verstand.
Seine elegante Uniform kleidete ihn vorzüglich. Sie ähnelte derjenigen der berittenen Jäger: Stiefel, Sporen, prallsitzende Hosen, ein mit Pelz verbrämter und mit gelben Schnüren auf braunem Grund besetzter Rock. Auf seiner breiten Brust funkelte ein Kreuz neben verschiedenen anderen Medaillen und Orden. Michael Strogoff war Angehöriger des Leibkurierkorps des Zaren und besaß in dieser Elitetruppe den Offiziersrang. Was in seiner Haltung, seiner Mimik, in seinem ganzen Auftreten deutlich zum Ausdruck kam, was auch der Zar sofort erkannte: Hier stand ein Vollstrecker von Befehlen, ein Mann von unerbittlichem Gehorsam. Somit zeichnete ihn eine Eigenschaft aus, die, nach einer Bemerkung Turgenjews zu urteilen, in Rußland die beste Empfehlung darstellt.
Wenn überhaupt ein Mensch in der Lage sein sollte, diese Reise von Moskau nach Irkutsk durch ein von Feinden besetztes Gebiet zu unternehmen, so war es dieser Mann. Als Sibirier besaß er nicht nur eine genaue Kenntnis des Landes, sondern er war

auch mit den Sitten und Gebräuchen der Bevölkerung vertraut. Mehrere Dialekte sprach er fließend.
Sein Vater, der vor zehn Jahren verstorbene Peter Strogoff, war von Beruf Jäger gewesen. 40 sibirische Bären hatte dieser gefürchtete Nimrod getötet, ohne die geringste Verletzung davonzutragen, wobei hinzuzufügen bleibt, daß Peter Strogoff dem Kleinwild mit der Büchse, dem Großwild dagegen mit dem blanken Messer aufzulauern pflegte. Im Sommer wie im Winter, bei glühender Hitze und bei schneidendem Frost hatte er die Steppen, die Lärchen-, Birken- und Fichtenwälder der Provinzen Omsk und Tobolsk durchschweift, und von seinem elften Lebensjahre an hatte ihn der Sohn begleitet. Der kleine Michael mußte die »Ragatina«, den Spieß, tragen, um seinem nur mit dem Messer bewaffneten Vater im Notfall beistehen zu können. Mit vierzehn Jahren hatte Michael seinen ersten Bären erlegt. Nach dem Ausweiden hatte er es geschafft, die Bärenhaut über eine Entfernung von mehreren Kilometern bis zur väterlichen Hütte zu schleppen, und das war eigentlich eine noch größere Leistung.
Diese Lebensweise war ihm nützlich. Michael wuchs und wurde mit der Zeit zu einem stahlharten Burschen. 48 Stunden konnte er es ohne Nahrung aushalten, 20 Nächte ohne Schlaf. Wo andere in der freien Steppe erfroren, da verstand er es, sich im Schnee ein bequemes Lager zu graben und einzurichten. Er hatte es gelernt, sich nach Zeichen zu richten, die ein gewöhnlicher Sterblicher nicht mehr bemerkt: der Zug der Vögel, Spuren im Sand, die Formen der Eiskristalle, die Lage abgebrochener Baumzweige, Gerüche vom gestrigen Tage, niedergetretenes Gras, Geräusche hinter dem Horizont.
Eine einzige Leidenschaft erfüllte Michael Strogoff. Das war die Liebe zu seiner Mutter, der alten Marfa, die das Haus der Familie Strogoff in Omsk an den Ufern des Irtysch, wo der große Jäger so viele Jahre lang mit ihr gehaust hatte, nicht mehr aufgeben wollte. Eines Tages, als der Sohn die Stätte seiner Kindheit verlassen mußte, da hatte er der Mutter freudig das Versprechen gegeben, so bald wie möglich wiederzukommen, und so versäumte er es nie, seinen Urlaub bei der greisen Mutter zu verleben, wenn er auch manchmal Tausende von Kilometern zurücklegen mußte, um sein Versprechen halten zu können. Nun waren gerade drei Jahre vergangen, seit er die alte Marfa zum letzten Mal gesehen hatte. Als er dem Zaren

vorgeführt wurde, steckte er mitten in den Vorbereitungen zur Abreise nach Omsk.
Der Zar richtete nicht gleich das Wort an ihn, sondern betrachtete ihn aufmerksam, wie er unbeweglich so vor ihm stand. Von seiner Musterung sichtlich befriedigt, setzte sich endlich der Zar hinter seinen Schreibtisch, winkte dem Polizeichef und diktierte diesem mit leiser Stimme einen Brief von wenigen Zeilen Länge, den er mit den Worten »Byt po szemu« unterzeichnete. So lautet das »Amen« der Kaiser von Rußland.
Mit dem Siegel des Zaren wurde der Brief verschlossen, und der Herrscher erhob sich. Wieder betrachtete er Michael Strogoff, der noch immer unbeweglich verharrte, dann fragte er kurz und schroff:
»Dein Name?«
»Michael Strogoff, Majestät!«
»Dein Rang?«
»Hauptmann im Kurierkorps des Zaren.«
»Diesen Brief übergebe ich dir, Michael Strogoff, mit dem Auftrag, ihn meinem Bruder, dem Großfürsten, und keinem anderen zu übergeben!«
»Der Großfürst wird ihn erhalten, Majestät.«
»Mein Bruder ist in Irkutsk.«
»So werde ich nach Irkutsk gehen.«
»Dein Weg wird dich durch ein von Tataren beherrschtes Land führen. Es gibt viele, die ein Interesse daran haben werden, dir diesen Brief zu rauben!«
»Ich werde den Weg nach Irkutsk einschlagen.«
»Vor einem Individuum mußt du dich besonders hüten, vor dem Verräter Iwan Ogareff!«
»Ich werde mich hüten.«
»Wirst du über Omsk gehen?«
»Zu Befehl, Majestät!«
»Dort lebt deine Mutter?«
»Zu Befehl, Majestät!«
»Du wirst sie nicht besuchen, weil man dich sonst erkennen könnte!«
Hier zögerte Michael Strogoff, bevor er sagte:
»Ich werde sie nicht aufsuchen!«
»So geh nun, Michael Strogoff«, sagte der Zar, »geh mit Gott für meinen Bruder und mich und für Rußland. Und denke stets daran, daß der Zar deines Lebens bedarf!«

Michael Strogoff salutierte, verließ rasch das kaiserliche Kabinett und wenige Minuten später das Neue Palais.
»Ich glaube«, sprach der Zar, indem er sich an General Kissoff wandte, »du hast eine glückliche Wahl gehabt.«
»Das will ich meinen«, erwiderte General Kissoff, »Strogoff ist ein zuverlässiger Mann, Majestät.«
»Er ist vor allem«, sagte der Zar, »ein Mann!«

2

Das asiatische Rußland oder Sibirien erstreckt sich vom Ural bis zur Beringstraße über mehr als 130 Längengrade. Im Norden wird es vom Eismeer, im Süden vom Kaiserreich China und von Turkestan begrenzt. Es ist in folgende Provinzen unterteilt: Tobolsk, Jenisseisk, Irkutsk, Omsk und Jakutsk. Dazu kommen noch die beiden Distrikte Ochotsk und Kamtschatka sowie zwei der Zarenkrone unterworfene Landstriche, nämlich die Kirgisensteppe und das Tschuktschenland.
Dieses ebenso unermeßliche wie unwirtliche Gebiet ist nicht nur die Heimat vieler Völkerstämme, verschiedener Rassen und Siedler aus aller Herren Ländern, sondern es dient der Regierung in Moskau auch als geräumiges Gefängnis für Verbrecher, Sozialisten und sonstige asoziale Elemente. Es wird von zwei Generalgouverneuren verwaltet. Tobolsk ist die Hauptstadt des westlichen Sibirien, Irkutsk ist die Hauptstadt des östlichen Teiles.
Noch hat der Schienenstrang diese weitläufigen Gebiete dem Verkehr nicht erschlossen. Reisende benutzen im Sommer die Talega oder den Tarantaß, eine Art Planwagen, im Winter den Schlitten. Nur eine Verbindung ist bereits zwischen Moskau und dem Pazifik hergestellt worden. Das ist eine Telegraphenleitung von etwa 8600 Kilometern Länge, und diese Leitung war es, die zunächst hinter Tomsk und wenig später zwischen Kolyivan und Tomsk von den Feinden gekappt worden war, so daß die Anweisungen aus dem Kreml auf halbem Wege steckenblieben. War Tomsk bereits in den Händen der Feinde? Wie weit hatten die russischen Truppen zurückweichen müssen? War die Leitung von Partisanen oder von der Masse des feind-

lichen Heeres durchgeschnitten worden? In welche Richtung zielte der Vorstoß der Tataren?
Auf alle diese Fragen wußte man in Moskau keine Antwort, seit die Nachrichten aus den betroffenen Gebieten ausblieben, und doch konnte von ihrer Beantwortung das weitere Schicksal Sibiriens, wenn nicht gar des gesamten russischen Reiches abhängen. Nur ein Kurier konnte den elektrischen Strom ersetzen. Nur ein Kurier war in der Lage, den Großfürsten in Irkutsk über die eingeleiteten und geplanten Operationen der russischen Armee und über die Person und die vermutlichen Absichten des Iwan Ogareff und seiner Verbündeten zu informieren.
Wer aber hatte das zaristische Rußland in eine solche Bedrängnis gebracht?
Das Volk der Tataren gehört zweierlei Rassen an, der kaukasischen und der mongolischen. Die Tataren, die damals in die östlichen Provinzen eingefallen waren, gehörten der kaukasischen Rasse an und kamen aus Turkestan. Dieses autonome Staatsgebilde, zwischen Pamir-Massiv, Aral-See und Kaspischem Meer gelegen, besteht eigentlich aus mehreren miteinander verbündeten Kleinstaaten, auch Khanate genannt, weil sie von je einem Khan beherrscht werden. Es seien hier nur die Khanate Buchara, Chiwa, Kokand und Kundus genannt, von denen das bedeutendste und gefürchtetste zu jenen Zeiten das Khanat Buchara war. Mit den Häuptlingen dieses Khanats hatte Rußland schon häufig im Streit gelegen, und der gegenwärtige Khan, Feofar-Khan, stand seinen Vorgängern in nichts nach. Er gebot über 2,5 Millionen Untertanen und kommandierte ein Heer von 60 000 Sarbassen (Fußvolk), eine Streitmacht, die in Kriegszeiten verdreifacht und um 30 000 Reiter vermehrt werden konnte.
Buchara ist ein wohlhabendes Land, reich an landwirtschaftlichen Produkten und Bodenschätzen. In jüngster Zeit war es durch den Zuwachs der Landstriche Balkh, Aukoj und Maimene vergrößert worden. Es besaß nun 19 bedeutende Städte, unter denen sich die Hauptstadt Buchara durch eine besonders ruhmreiche Vergangenheit auszeichnet. Eine 12 Kilometer lange und von Türmen flankierte Mauer umgibt die Stadt. Bereits im 10. Jahrhundert wurde sie von Avicenna und anderen Gelehrten beschrieben und gepriesen. Samarkand, 300 Kilometer von Buchara entfernt, ist nicht minder berühmt. Dort befindet sich das Grabmal Tamerlans und im Palast der sagenumwo-

bene blaue Stein, auf den sich jeder Khan beim Regierungsantritt setzt. Auch diese Stadt ist stark befestigt. Karschi, von einer dreifachen Mauer geschützt und in einer Oase gelegen, die von einem mit Schlangen, Moskitos, Schildkröten und Eidechsen bevölkerten Sumpf umschlossen wird, ist nahezu uneinnehmbar. Endlich: Tschardschuj, Katta-Kurgan, Nurata, Dschisah, Paikande, Karakul, Kusar und andere bilden eine Gemeinschaft schwer zu bezwingender Städte.

So stellte also das Khanat Buchara im Schutz seiner von Gebirgen und Steppen bewirkten Abgeschlossenheit ein fruchtbares und furchtbares Staatswesen dar, und der Zar sah sich gezwungen, den Truppen des Feofar-Khan starke Streitkräfte gegenüberzustellen. Feofar, der sich auf die Unterstützung der anderen Khane verlassen konnte, aber, was noch wichtiger erschien, auf den grausamen und räuberischen Instinkt der tatarischen Horden insgesamt, hatte sich an die Spitze einer Invasion gestellt, deren Anführer Iwan Ogareff war.

Dieser von Wahnsinn, Ehrgeiz, Abenteuerlust und maßlosem Haß getriebene ehemalige Oberst der Armee des Zaren, der wegen Geheimbündelei, Gehorsamsverweigerung und despektierlichen Verhaltens vom Großfürsten degradiert und verbannt, sechs Monate darauf aber vom Zaren in einem Anflug von Großmut begnadigt worden war, hatte die tatarischen Horden aufgewiegelt. Unter seinem Einfluß hatte Feofar-Khan sich zum Angriff auf Rußland entschlossen, war in das Gouvernement Semipatalinsk eingedrungen. Die dort stationierten Kosaken hatten zurückweichen müssen, und die ihm freundlich gesinnten Kirgisen mit sich fortreißend, zog Feofar nun, ein zweiter Dschingis-Khan, raubend und mordend von Stadt zu Stadt.

3

200 Kosaken, 200 Infanteristen, 25 Baschkiren zu Pferde, 300 Kamele, 400 Pferde, 25 Reisewagen, zwei transportable Boote und einige Kanonen, so etwa sah noch vor kurzem die Begleitung eines Reisenden von Stand aus, der sich daranmachte, Sibirien zu durchqueren.

Michael Strogoff allerdings mußte im Interesse seiner Sicherheit auf eine solche Eskorte verzichten. Ihm konnte nur daran gelegen sein, möglichst wenig Aufsehen zu erregen. So hatte ihm auch der General Kissoff außer einem schönen Batzen Geld nur ein Podaroschna mit auf den Weg gegeben. Es war ausgestellt auf den Namen Nikolas Korpanoff, Kaufmann aus Irkutsk. Ausdrücklich war in diesem Dokument vermerkt, daß Korpanoff sich von mehreren Personen begleiten lassen konnte. Ein Sonderstempel schützte es vor etwaigen neuen Verordnungen und verlieh ihm Gültigkeit für alle Zeiten.

So ein Podaroschna ist nichts anderes als die Erlaubnis, Postpferde zu nehmen. Strogoff würde sich seiner allerdings nur so lange bedienen können, als er sich nicht der Gefahr aussetzte, seine Identität preiszugeben. Er war nach außen nicht mehr der Kurier des Zaren, sondern mußte den einfachen Kaufmann Korpanoff spielen, der von Moskau nach Irkutsk reist, und als solcher war er allen Widrigkeiten ausgesetzt, wie sie einem gewöhnlichen Reisenden eben begegnen.

Noch am Morgen des 16. Juli ging Strogoff alias Korpanoff zum Bahnhof, um den ersten Zug zu nehmen. Er war in einfache russische Tracht gekleidet: die um den Leib gebundene Tunika, der Muschikgürtel, weite Hosen und bis zu den Knien reichende Schnürstiefel. Seinen Revolver trug er versteckt, und in der Tasche verwahrte er jenen Dolch, der, eine Mischung zwischen Türkensäbel und Hirschfänger, dem sibirischen Jäger so nützlich ist, wenn es gilt, einen Bären auszuweiden, ohne dabei den kostbaren Pelz zu beschädigen.

Der Zug fuhr nach Nischnij-Nowgorod. Hier war damals die Eisenbahnstrecke zu Ende, die auch Moskau mit St. Petersburg verbindet. 10 h Fahrzeit waren für die 426 km angesetzt. Ganz wie ein biederer Bürger, dem seine Geschäfte keine großen Kopfschmerzen bereiten, streckte sich unser Held in einer Ecke des Abteils aus. Da er jedoch nicht allein war, so schlief er nur mit einem Auge und horchte mit beiden Ohren. Das Gerücht von dem Aufstand der Kirgisenhorden und dem Einfall der Tataren hatte im Volk bereits die Runde gemacht. Strogoffs Mitreisende sprachen darüber allerdings mit vorsichtiger Zurückhaltung. Der Zug war voll von Kaufleuten und Händlern, die in Nischnij-Nowgorod die Messe besuchen wollten. Türken waren darunter, Juden, Kosaken, Georgier, Kalmücken, Polen, Finnen und Deutsche, aber alle sprachen sie russisch.

»Der Karawanentee soll schon im Kurs gestiegen sein«, sagte ein Perser.
»Daß er fallen würde«, sagte ein Jude, »war auch nicht anzunehmen. Was der Markt von Nischnij-Nowgorod an Tee zu bieten hat, das wird sich leicht nach Westen verkaufen lassen. Weiß einer, wie es mit Teppichen aus Buchara steht?«
»Erwarten Sie eine Sendung?«
»Es ist was unterwegs«, sagte der Jude, »nicht aus Buchara, aber aus Samarkand.«
»Da werden Sie lange warten können«, mischte sich ein Moskowiter ein, »wissen Sie nicht, daß das ganze Land in Aufruhr ist?«
»Also, wenn die Teppiche nicht durchkommen«, sagte der Perser, »dann kommt auch kein Tee und keine Wolle und keine Seife, dann kommt rein gar nichts.«
»So ist es«, sagte der Moskowiter.
»Gott Israels«, rief der Jude, »wo bleibt dann der Gewinn?«
»Und wenn man sich das Haar zerrauft und sich in Sack und Asche tut, was ändert das am Lauf der Welt?«
»Sie sind wohl kein Kaufmann?« fragte der Jude.
»Nein«, sagte der Moskowiter, »ich mache weder in Hopfen noch Tee, weder in Honig noch Wachs, verkaufe kein Pökelfleisch, nicht Kaviar oder Holz, weder Saffian noch Pelze.«
»Warum fahren Sie dann zur Messe?« fragte der Perser.
»Ich kaufe nur für den eigenen Bedarf, das reicht mir. Bin Selbstverbraucher.«
»Ein Spaßvogel«, sagte der Jude zum Perser.
»Oder ein Spitzel«, murmelte dieser, »man weiß nie, mit wem man es zu tun hat. In diesen Zeiten ist mit der Polizei nicht gut Kirschen essen.«
In einer anderen Ecke wurde weniger über die Importe gesprochen.
»Die Pferde von ganz Sibirien werden requiriert«, sagte jemand mit ukrainischem Akzent.
»Und ist es wahr, daß die Kirgisen mit den Tataren gemeinsame Sache machen?«
»Soviel ich weiß: ja«, sagte ein alter Mann, »aber wer will schon Genaues wissen.«
»Eines steht fest: die Donkosaken sind schon auf dem Marsch zur Grenze. Das sagte mir mein Schwager, und der hat seinen Sohn dabei.«

»Alles in allem, Väterchen«, meinte der Ukrainer, »es sind keine rosigen Zeiten. Wenn schon die Pferde eingesammelt werden, sind auch bald die Menschen dran. Wartet noch drei Tage, dann wird man im ganzen Reich keinen Schritt mehr vorwärts kommen!«

Wie begründet die Vermutung des Ukrainers war, das zeigte sich auf der ersten Station. Polizeibeamte durchkämmten den haltenden Zug. Der Aufstand hatte sich zwar noch nicht über die sibirischen Grenzen ausgedehnt, aber in den Wolga-Provinzen, die nahe am Kirgisenland gelegen sind, waren revolutionäre Bewegungen unter dem Einfluß der jüngsten Ereignisse zu befürchten. Und nicht nur dort!

Das weite Rußland kann die Gleichförmigkeit der Staaten Westeuropas nicht haben. Seine 70 Millionen Einwohner sprechen viele verschiedene Sprachen. Polnisch, Litauisch, Finnisch, Armenisch, Rumänisch, Bulgarisch, Slowenisch, Deutsch, Griechisch und Türkisch, um nur einige zu nennen. Es ist leicht zu begreifen, daß die Einheit einer solchen Vielfalt nur schwer zu erreichen ist. Überall hat die Zentralregierung Unabhängigkeitsbestrebungen zu befürchten.

Die Reisenden mußten sich einem peinlichen Verhör unterziehen. Das Gepäck wurde durchwühlt, die Pässe wurden genauestens inspiziert. Wer irgendwie verdächtig erschien, der mußte aussteigen. Die Polizei war auf der Suche nach Iwan Ogareff, und aus diesem Grunde waren die Kontrollen besonders scharf. So sammelte sich auf jedem Bahnsteig rasch eine Schar mutmaßlicher Verschwörer, alle dem Iwan Ogareff im Aussehen ähnlich: groß, kräftig, mit starkem Schnauzbart, stechendem Blick und etwa vierzig Jahre alt, wie es der Steckbrief beschrieb.

Die Betroffenen folgten den Beamten ohne Widerspruch. Wenn man es mit russischen Polizisten zu tun hat, ist es absolut zwecklos, auf sein Recht zu pochen. Hier haben die Beamten militärischen Rang, und sie handeln militärisch. Kleine Ungerechtigkeiten sind da kaum zu vermeiden. Schließlich können diese Beamten-Soldaten nicht den ganzen Tag über mit dem Gesetzbuch unter dem Arm herumlaufen. Es ist ihre Aufgabe, einem Fürsten Gehorsam zu verschaffen, der das Recht hat, an den Anfang seiner Erlässe folgende Formel zu setzen:

»Wir, von Gottes Gnaden Kaiser und Herrscher über alle Reußen von Moskau, Kiew, Wladimir und Nowgorod, Zar von Kasan und Astrachan, Zar von Polen, Zar von Sibirien,

Zar von Cherson und Taurien, Landesherr von Pskoff, Großfürst von Smolensk, Litauen, Wolhynien, Podolien und Finnland, Fürst von Estland, Livland, Kurland, Semgallen, Bjelostok, Karelien, Tschugrien, Perm, Wjatka, Bulgarien und mehrerer anderer Länder, Landesherr und Großfürst der Territorien von Nischnij-Nowgorod, Tschernigoff, Rjäsan, Polotsk, Rostoff, Jaroslawl, Bjelosersk, Udorien, Kondinien, Witebsk, Mstislawl, Machthaber über sämtliche nordischen Regionen, Landesherr von Iberien, Kartalinien, Grusien, Kabarda und Armenien, Erb- und Oberlehensherr der Tscherkessenfürsten, derer vom Berge wie der anderen, Erbe von Norwegen, Herzog von Schleswig-Holstein, Stormarn, Dithmarschen und Oldenburg.«

Nun, bei Michael Strogoff war alles in Ordnung, und infolgedessen brauchte er die Nachforschungen der Polizei nicht zu fürchten.

In Wladimir, auf der Hälfte der Strecke, stiegen Reisende zu. Auch das Abteil, worin Michael Strogoff saß, erhielt Besuch. Ein junges Mädchen trat ein, und es setzte sich auf den einzigen freien Platz, nämlich Michael Strogoff gegenüber. Aber ohne ihn oder die anderen Fahrgäste eines Blickes zu würdigen, nahm sie ihren Reisesack aus rotem Leder auf die Knie, lehnte sie sich zurück und schloß sie die Augen. Offenbar war sie gewillt, diese Haltung vor Nischnij-Nowgorod nicht mehr aufzugeben.

Sie mochte 16 oder 17 Jahre alt sein. Ihr wirklich reizendes Gesicht zeigte den slawischen Typ in vollendeter Reinheit: ausgeprägte Backenknochen, eine hohe und gewölbte Stirn, ein voller, aber feingezeichneter Mund, rosige Haut und helle Augenbrauen. Goldblondes Haar drang unter einem schwarzen Spitzentuch hervor, das um den Kopf gebunden war. Die Gestalt umhüllte ein weiter Mantel. Dennoch ahnte Michael Strogoff die hohe und schlanke Figur, die sich unter dem Pelz verbarg.

Die Kleine sah ein wenig müde und angestrengt aus. Sie schien nicht den ersten Tag unterwegs zu sein. Woher mochte sie kommen? Wohin wollte sie so ganz allein ohne den Schutz eines Vaters, einer Mutter oder eines Bruders reisen? Michael Strogoff, der es gewohnt war, Menschen zu beobachten, besah sich ihre Schuhe, die unter dem bis auf die Knöchel reichenden Rock hervorlugten. Es waren Halbschuhe mit dicken Ledersohlen, wie sie jemand trägt, der sich auf einen weiten Weg begibt.

Gerne wäre Michael Strogoff mit dieser Reisegefährtin, die ihm der Zufall beschert hatte, ins Gespräch gekommen. Da sie jedoch durch ihr Verhalten zu erkennen gab, daß sie in Ruhe gelassen zu werden wünschte, und da Strogoff selbst von zurückhaltender Natur war, also ihren Wunsch verstehen konnte, wollte er sich nicht aufdrängen.

Nur einmal ergab sich eine Gelegenheit. Der Nachbar des Mädchens war eingeschlafen, und als sein fettiger Kopf fortwährend gegen die Schulter der Schönen stieß, da weckte Michael Strogoff den Lümmel unsanft auf.

»Das können Sie in Persien machen, aber nicht hier!«

Der so aus dem Schlaf Gerissene dachte gar nicht daran, sich zu entschuldigen.

»... gefälligst um Ihren eigenen Dreck!« brummelte er in seinen Bart und wollte eben wieder nach derselben Seite kippen, um sich behaglich an der Schulter seiner Nachbarin auszuruhen, als er die sich verfinsternde Miene Michael Strogoffs bemerkte. Von da an saß er manierlich. Und Michael Strogoff erntete einen stummen Dank aus sanften, braunen Augen.

Zehn Minuten vor Nischnij-Nowgorod – einige Fahrgäste machten sich schon zurecht und drängelten sich mit ihren Koffern und Bündeln auf dem Gang – gab es plötzlich einen heftigen Ruck, einen Krach, und wenig später rammte der Zug in einer scharfen Linkskurve die Böschung des Bahndammes.

Alles purzelte durcheinander. Die Fahrgäste gerieten in Panik. Der Jude begann zu beten. Andere schrien. Alles sprang von den Plätzen. Die Leute schubsten und stießen sich, und ehe der Zug richtig zum Halten gekommen war, hatte man bereits die Türen und Fenster aufgerissen. Ein Schaffner versuchte vergebens, sich Respekt zu verschaffen, indem er seine Mütze über der aufgeregten Menge schwenkte.

»Hinaus!« rief der Perser, diesmal auf persisch. »Jetzt rette sich, wer kann!«

Und schon hatte er seine vielen Gepäckstücke zusammengerafft und tat es den anderen gleich, die sich kreischend und heulend, schimpfend und fluchend ins Freie drängten. Man hörte das Splittern von Glas, das Weinen von Kindern, das Bellen von Hunden, das Kreischen der Bremsen, und über allem Lärm ließ die Lokomotive ihren schrillen Pfiff unausgesetzt ertönen.

In diesem Tumult dachte Michael Strogoff zuerst an seine Reisegefährtin. Die aber war, wenn auch ein wenig blaß, ruhig

»Hinaus!« rief der Perser, diesmal auf persisch. »Jetzt rette sich, wer kann!«

sitzen geblieben. Sie wartete scheinbar unberührt von all der Aufregung um sich herum, und Michael Strogoff tat das auch.
»Die hat Nerven«, dachte er.
Die Sache war halb so schlimm gewesen. Ein Sprung im Radreifen des Gepäckwagens hatte den Stoß verursacht. Der Schaden konnte behoben werden. Mit einer Stunde Verspätung traf endlich der Zug auf dem Bahnhof von Nischnij-Nowgorod ein.
Bevor dort jemand ausgestiegen war, erschienen Inspektoren der Polizei an den Türen.
»Niemand verläßt den Zug!«
Michael Strogoff zeigte sein Podaroschna auf den Namen Korpanoff. Er hatte keine Schwierigkeiten, und auch von den anderen Reisenden in seinem Abteil erschien niemand verdächtig, bis die Reihe an das Mädchen kam.
Sie besaß nämlich einen Ausweis, der mit einem besonderen Siegel versehen war und den der Inspektor aufmerksam prüfte. Lange und mit gerunzelter Stirn studierte er das Papier, ehe er sprach:
»Du bist aus Riga?«
»Ja«, sagte das Mädchen.
»Und willst nach Irkutsk?«
»Jawohl.«
»Auf welcher Route?«
»Über Perm!«
»Tja«, sagte der Beamte, indem er den Ausweis kopfschüttelnd zurückgab, »ob daraus was wird ...? Es sind jetzt neue Bestimmungen raus! Weißt du das nicht? Immerhin, versuchen kannst du es ja. Geh zum Polizeiamt und frage, ob du die Erlaubnis bekommst!«
Die junge Livländerin erblaßte.
Michael Strogoff, der die Unterhaltung mit dem Kontrolleur verfolgt hatte, betrachtete sie mit Mitleid und Erstaunen zugleich. Ein halbes Kind, und dann allein ins ferne Sibirien? Wie sollte sie dorthin gelangen?

4

Erlaß des Gouverneurs von Nischnij-Nowgorod vom 17. Juli 18..

§ 1: Jedem russischen Untertan ist es ab sofort bei Strafe verboten, die Provinz zu verlassen.

§ 2: Allen Nichtrussen asiatischer Abstammung wird hiermit befohlen, die Provinz innerhalb von 24 Stunden zu verlassen.

Kurz vor 12 Uhr rief die Schiffsglocke eine große Menschenmenge an die Ufer der Wolga. Gaukler, Seiltänzer, Zigeuner, Tschugaren und Armenier, das bunte Volk der Händler aus Persien, China und der Türkei versammelte sich auf den Kais. Der Andrang war gewaltig. Durch den Ukas des Gouverneurs wurden diese Fremden zur Eile angetrieben.

Die Kessel der *Kaukasus* waren schon angeheizt. Am Schornstein wehte nur eine leichte Rauchfahne, während Ablaßrohr und Ventilklappe von weißen, großen Dampfschwaden umhüllt waren.

Daß die Polizei die Abfahrt der *Kaukasus* überwachte, versteht sich von selbst. Wer die vorgeschriebenen Papiere nicht besaß, den konnten nur ein paar schnell geflüsterte Worte und die entsprechende Nachhilfe mit einigen Geldstücken auf das Schiff bringen. Die Polizisten waren gut gelaunt an diesem Tag. Zahlreiche Kosaken stolzierten auf dem Kai auf und ab, bereit, mit kräftigen Fäusten, mit knallenden Peitschen einzugreifen. Doch sie fanden keine Arbeit. Die Besetzung des Dampfschiffes vollzog sich in mustergültiger Ordnung.

Zur festgesetzten Minute erklang ein dreifacher Glockenschlag: das Signal zur Abfahrt. Die Taue wurden losgemacht. Die mächtigen Räder an den Seiten des Schiffes begannen sich zu drehen und schlugen mit ihren Schaufeln das Wasser. Schon ergriff die Strömung das Schiff. Der Fahrtwind verwischte den Dampf und streckte die Rauchfahne. Bald lag Nischnij-Nowgorod weit achteraus.

Michael Strogoff und die junge Livländerin hatten sich an Bord der *Kaukasus* begeben. Ohne Beanstandung hatten sie das Schiff gemeinsam betreten dürfen. Der Leser weiß, daß der auf den Namen Nikolas Korpanoff ausgestellte Passierschein es seinem Inhaber erlaubte, sich auf seiner Reise nach Sibirien Begleitung zu nehmen. Unter dem Schutz der kaiserlichen Polizei reiste jetzt ein Geschwisterpaar. Beide hatten auf dem Achterschiff Platz genommen und beobachteten die vorübergleitenden Ufer. In der Ferne, unter dem weiten Himmel türmte sich Nischnij-Nowgorod auf den Hügeln: die Zitadelle, die Kirchen.

Die Wolga, bei den Völkern des Altertums »Rha« oder »Oaros« genannt, ist unter den Flüssen Europas vielleicht der einzige, der den Namen »Strom« verdient. Auf den Waldai-Höhen, einer Hügelkette südlich von St. Petersburg, entspringt sie und mündet ins Kaspische Meer. Ihre Länge beträgt 3895 Kilometer. Von Twer an, einer nördlich von Moskau gelegenen Stadt, ist sie auf 3580 km schiffbar. Man hat das Geflecht der russischen Kanäle und Flüsse mit einem Baum verglichen. Die Wolga bildet den Stamm. Ihre siebzig Mündungen sind die Wurzeln. Ihre Zweige verästeln sich über das gesamte Kaiserreich.

Die Schiffe der *Transportgesellschaft Perm—Nischnij-Nowgorod AG* legen die 373 km zwischen Nischnij-Nowgorod und Kasan ziemlich schnell zurück. Die Strömung hilft ihnen. Aber wenn sie unterhalb von Kasan an den Zusammenfluß der Wolga mit der Kama gelangen, müssen sie den großen Strom verlassen. Dort beginnt die Bergfahrt auf der Kama bis Perm. Obwohl also ihre Maschine Gewaltiges leistete, konnte man von der *Kaukasus* im Durchschnitt nicht mehr als 17 km/h erwarten. 1 h Aufenthalt in Kasan mitberechnet, würde also die Flußreise 60—62 h dauern.

Übrigens war dieses Dampfschiff ganz vorzüglich eingerichtet. Je nach Ansehen oder Bezahlung waren die Passagiere in drei verschiedene Klassen unterteilt. Michael Strogoff hatte zwei Kabinen der 1. Klasse gemietet, so daß seine junge Gefährtin sich jederzeit zurückziehen konnte, wenn sie ungestört sein wollte. Die *Kaukasus* war voll belegt.

Auf dem Vorderschiff sah man nicht nur Ausländer, sondern auch Russen: Muschiks mit steifen Mützen, die unter dem Pelzrock das karierte Hemd trugen. Wolgabauern, deren blaue Hosen in hohen Stiefeln steckten. Frauen in buntgemusterten Kleidern aus Kattun und hellen Schürzen und roten Kopftüchern. Das waren die Passagiere der 3. Klasse.

Zwei Stunden nach Abfahrt der *Kaukasus* begann die Livländerin zu sprechen:

»Du fährst nach Irkutsk?«

»Ja, Schwester«, sagte Michael Strogoff, »wir haben denselben Weg.«
»Morgen werde ich dir alles erklären. Du sollst erfahren, weshalb ich die Heimat verlassen mußte.«
»Ich frage dich nicht.«
»Aber darf denn eine Schwester vor ihrem Bruder ein Geheimnis haben?«
»Willst du dich ausruhen?«
»Ja.«
»Komm . . .«, und er zögerte, als könnte er sich auf ein bestimmtes Wort nicht besinnen.
»Nadja«, sagte sie und reichte ihm die Hand.
»Also komm, Nadja«, sagte Michael Strogoff, »verfüge über deinen Bruder Nikolas Korpanoff!«
Kurz vor Mitternacht trat der Vollmond aus den Wolken. Fast alle Deckspassagiere schliefen nun. Die Stille wurde nur durch das Stampfen der Maschine und durch das Geräusch der Schaufeln gestört. In schnellem Takt schlugen sie das Wasser. Oder es waren die Rufe der Nachtvögel, die den Dampfer unsichtbar umkreisten.
Michael Strogoff war noch wach. Eine unerklärliche Unruhe hielt ihn auf den Beinen. Er ging auf dem Achterdeck auf und ab. Nach einigen Dutzend Runden wurde ihm das zu langweilig, und er beschloß, sich einmal das Vorderdeck zu besehen, das für die Passagiere der zweiten und dritten Klasse reserviert war. Diese Leute schliefen nicht nur auf Bänken, sondern auch auf den Ballen und Kisten hatten sie sich gelagert, sogar auf den Deckplanken. Die meisten von ihnen waren Muschiks, also an derartige Lagerstätten gewöhnt, überhaupt: an vieles gewöhnt. Dennoch, ein Tritt mit dem Stiefel hätten sie wahrscheinlich sehr verübelt und mindestens dreifach heimgezahlt. Michael Strogoff nahm sich also in acht, und auf seinem Weg zur Back widerfuhr ihm auch kein Mißgeschick.
Lange stand er am Bug des Schiffes und betrachtete den vor ihm liegenden Lauf des Flusses, wie er vom Mondlicht beschienen und von schwarzen Ufern begrenzt wurde. Dann machte er sich ebenso vorsichtig auf den Rückweg.
Er hatte gerade einen Niedergang betreten, der zum Vorderdeck hinabführte, als er es plötzlich dicht neben ihm sprechen hörte. Die Stimme schien aus einer Gruppe von Passagieren zu kommen, die sich im Schatten gelagert hatten, schräg unter

ihm. In der Dunkelheit konnte Michael Strogoff nichts erkennen, zumal die Leute in Tücher und Decken gehüllt schienen. Aber ungenau erinnerte er sich dieser Stimme. Hatte er sie nicht früher schon gehört? Instinktiv kam ihm der Gedanke zu lauschen. Er blieb regungslos stehen, und als er einzelne Worte verstand, da wußte er, warum seine Aufmerksamkeit geweckt worden war: Man sprach tatarisch, und nun erinnerte er sich auch jenes Zigeunerpaares, dem er auf dem Markt von Nischnij-Nowgorod begegnet war: ein Mann und eine Frau, beide mustern ihn schnell, ein Wortwechsel, den Strogoff nicht versteht, ein Blickwechsel, der etwas bedeuten könnte, eiliges Verschwinden in der Menge. Der unbestimmte Verdacht, den dieser Vorfall in Michael Strogoff erregt hatte, war wieder da.

Aber was der Kurier des Zaren zu hören bekam, war nicht geeignet, diesen Verdacht zu erhärten. Kein Zweifel, die da unten sprachen über das Wetter. Strogoff, da er nun einmal die Ohren gespitzt hatte, hörte sich dennoch an, was dazu gesagt wurde. Wußte er doch aus Erfahrung, wieviel unnützes Zeug sich verdächtige Personen bisweilen zu erzählen pflegen, bevor ihnen eine Bemerkung entschlüpft, die auf revolutionäre Gesinnung schließen läßt. Ja, gerade Konspiranten lieben es, den alltäglichsten Kleinkram ausführlich zu besprechen, so, als seien sie tatsächlich an etwas anderem interessiert als an dem Untergang des Hauses Romanoff. Und Michael Strogoff, als er sich dieser Binsenwahrheit erinnerte, verdoppelte seine Aufmerksamkeit. Der geschulte Instinkt des Agenten war endgültig geweckt.

Freilich, es dauerte seine Zeit, bis die Geduld des Kuriers belohnt werden sollte. Schon dämmerte es im Osten, schon verblaßte das Licht des Mondes, schon wollte Michael Strogoff sich in seine Kajüte begeben, da vernahm er folgenden Satz in tatarischer Mundart, mit dem nach einer halbstündigen Gesprächspause das Zigeunerweib die Unterhaltung fortsetzte:

»Man sagt, ein Kurier sei unterwegs nach Irkutsk . . .«

»So heißt es, Sangarre, aber verlaß dich darauf: dieser Bursche wird entweder zu spät ankommen oder auf halbem Wege verrecken. Da bin ich mir ziemlich sicher!«

»Dafür werden wir sorgen, was?« murmelte die Zigeunerin und kicherte auf eine Art und Weise, daß es Michael Strogoff durch Mark und Bein fuhr.

»Will ich meinen«, kam die Antwort.
»Also dann ... Schlaf gut.«
Kurz darauf kam gemütliches Schnarchen aus der bewußten Ecke. Das brauchte sich der Kurier des Zaren nicht mehr anzuhören. Auch war ihm die Lust am Lauschen vergangen, und als sich die Sonne rotglühend über den Hügeln des Ufers erhob, hatte Michael Strogoff längst wieder das Achterdeck der *Kaukasus* erreicht, und, den Kopf in die Hände gestützt, saß er dort bewegungslos auf einer Bank: man hätte meinen können, er schlafe.
Doch Michael Strogoff schlief nicht. Er hatte seine Müdigkeit vergessen. Unruhige Gedanken durchkreuzten seinen Kopf. Die kleinen grauen Zellen arbeiteten auf Hochtouren. Was Michael Strogoff sich überlegte, was er sich immer wieder fragte, und zwar nicht ohne geheime Furcht, war folgendes:
»Was hat dieses Zigeunerpack mit mir zu schaffen? Wer weiß noch von meiner Mission?«

5

Um 6.40 Uhr machte die *Kaukasus* in Kasan fest. Trotz dieser frühen Stunde und obwohl die Kasaner Landungsbrücke etliche Kilometer von der Stadt entfernt ist, hatte sich auch hier eine große Menge Neugieriger versammelt. Dem Reisenden bot sich in etwa das gleiche Bild wie am Tage zuvor in Nischnij-Nowgorod.
Michael Strogoff gab sich den Anschein, als betrachtete er es ohne sonderliches Interesse. Polizeioffiziere und Kosaken, die Lanze in der Faust, sorgten auch hier für Ordnung und unterzogen die ein- und aussteigenden Passagiere einer peinlich genauen Musterung.
Unter den Reisenden, welche die *Kaukasus* verließen, erkannte Michael Strogoff auch das Zigeunerpaar. In ihrer Gesellschaft und zweifellos unter ihrer Leitung entstiegen dem Schiff etwa zwanzig Sängerinnen und Tänzerinnen im Alter zwischen 15 und 20 Jahren. Schäbige Decken, in die sie sich gewickelt hatten, verhüllten ihre Flitterröckchen nur unvollkommen. Meh-

rere von ihnen waren von auffallender Schönheit. Zigeunerinnen, solange sie noch jung und knusprig sind, werden allgemein geschätzt. Viele der russischen Großfürsten, die sich einen Spaß daraus machen, die Verrücktheiten britischer Lordschaften noch zu überbieten, haben es sich denn auch nicht nehmen lassen, unter diesen Mädchen die zukünftige Mutter ihrer Kinder zu suchen.

An meinem Halse leuchtet die Koralle.
Mein Mieder ziert die gold'ne Schnalle.
Das Glück, ich werde es mir suchen,
doch nicht im Lande der Eunuchen.

Fremdartiger Rhythmus begleitete dieses Lied, das eines der Mädchen trällerte, während sie ungeniert in spielerischem Tanze ihren Rocksaum anhob. Das fand den Beifall der Kosaken. Doch der Kurier des Zaren ließ sich von diesem Anblick nicht verwirren. Anstatt die wohlgeformten Waden dieser Kokotte zu begutachten, widmete er seine Aufmerksamkeit ganz den beiden Alten.

In demütiger Haltung stand der alte Zigeuner da. Sein Gebaren schien sich nicht recht mit der seiner Rasse sonst angeborenen Frechheit vertragen zu wollen. Dieser da suchte eher den Blicken zu entgehen als sie auf sich zu lenken. Ein schäbiger Hut saß ihm fast auf der Nase. Ein Buckel wölbte sich unter einer schmierigen Pferdedecke, die er sich um die Schultern gehängt hatte. Unmöglich, hinter dieser Maskerade jemanden zu erkennen.

Neben dem Alten machte die Zigeunerin Sangarre eine blendende Figur. Sie mochte etwa dreißig Jahre alt sein und war von beachtlicher Schönheit. Aber nicht deshalb beobachtete Michael Strogoff sie unausgesetzt. Es kam ihm nämlich so vor, als betrachtete dieses Weibstück ihn mit derselben Beharrlichkeit, und das machte ihn stutzig. Wollte sie sich seine Gesichtszüge merken? Hatte sie den Braten gerochen?

»Biest«, stieß Michael Strogoff hervor, »verfluchter Nachtvogel! Kannst im Dunkeln womöglich noch besser sehen als bei Tage! Hast du was gemerkt? Erkennst du mich wieder . . .?«

Und schon war er drauf und dran, Sangarre mitsamt ihrem Tingeltangeltrupp zu folgen. Doch er besann sich gerade noch rechtzeitig. »Nein«, dachte er, »das kann ins Auge gehen. Wenn ich diese Bande verhaften lasse, decke ich mein Inkognito auf. Übrigens sind sie ja schon an Land, und ich mit dem Schiff bin schneller. Ehe sie an die Grenze gelangen, bin ich längst hinterm Ural. Und sollten sie den Weg nach Ischim einschlagen, nützt ihnen das auch nicht viel. Ein Tarantaß ist allemal fixer als so ein Zigeunerkarren. Also, Freund Korpanoff: Ruhig bleiben!«

Als der Kurier des Zaren mit seinen Überlegungen so weit gekommen war, hatten sich die Zigeuner bereits in der Menge verkrümelt. Hätte er sich doch noch anders entschlossen – es wäre vermutlich zu spät gewesen. Auf dem Vorschiff läutete die Glocke. Es war 7 Uhr morgens. Die *Kaukasus* war zur Abfahrt bereit. Die Leinen wurden losgemacht. Die Schaufelräder setzten sich in Bewegung.

Es war ein strahlender Sommermorgen, der Himmel von durchsichtigem Blau, die nahen Ufer von sattem Grün. Michael Strogoff hatte bald seine Befürchtungen vergessen. Die wechselnde Aussicht genießend, bereute er es nicht, auf dem Dampfer geblieben zu sein. Er wartete auf Nadja.

Wiederum mußte er sich in Geduld üben. Erst gegen 10 Uhr erschien die junge Livländerin an Deck, ausgeschlafen, wie es schien. Michael Strogoff ging ihr entgegen.

»Schau dich um, Schwester«, sagte er, als er sie auf das Vorderdeck der *Kaukasus* geleitet hatte.

Wahrlich, die Gegend verdiente eine genauere Betrachtung. Das Schiff war an den Zusammenfluß der Wolga mit der Kama gelangt. Dort mischen die Fluten der beiden Ströme ihre Farben. Die dunkle Wolga, die den Unrat so vieler Städte mit sich führt, wird ein wenig aufgehellt, ein Vorgang, der vom Schiff aus gut zu beobachten war und das Interesse aller Passagiere fand.

Eben steuerte die *Kaukasus* in das weite Bett der Kama. Die Fahrt verlangsamte sich merklich. Nun ging es gegen den Strom. Einige weiße Segel belebten die klaren Gewässer, und auch die Ufer der Kama boten einen freundlichen Anblick. Die Reihen der Espen und die Kronen der Ulmen wechselten einander ab. Mit Eichenwäldern überzogene Hügel formten am Horizont eine melodische Linie. Über allem stand die Sonne hoch am Himmel.

Aber die Schönheiten der Natur vermochten die ernste Miene des Mädchens kaum aufzuheitern. Nadja war schweigsam. Sie schien nur eines vor Augen zu haben: das Ziel ihrer Reise. Die

Kama aber, mochte sie noch so schön sein, war für sie lediglich ein Weg. Oft richteten sich Nadjas Blicke gen Osten, und dann leuchtete es in ihren Augen.
»Wie weit sind wir von Moskau entfernt?«
»800 km.«
»800 von 6000«, flüsterte Nadja.
Der Gong rief zum Mittagessen. Gemeinsam betraten Nadja und Michael das Restaurant. Die Livländerin gab sich bescheiden. Sie lehnte es ab, von den Hors d'œuvres zu kosten, die man ringsum genießerisch verspeiste: Kaviar, in kleine Scheiben geschnittener Hering, geröstete Enteneier, Elchmuffel in Aspik, Roggenschnaps über Anis, Bärentatze mit Tatarensoße, saure Pferdemilch, gekochte Rauchschwalben und anderes mehr.
Am Nebentisch hatten zwei Ausländer Platz genommen, ein Franzose und ein Engländer. Belustigt machte Nadja ihren Begleiter auf die beiden aufmerksam. Während nämlich der Franzose mit offensichtlichem Behagen die diversen Spezialitäten verschlang, stocherte der hagere Brite mißmutig auf seinem Teller herum und besah sich jeden Bissen genau, bevor er sich die Gabel endlich in den Mund steckte. Prompt versuchte der Franzose anzubändeln, als er bemerkte, daß er beobachtet wurde.
»À votre santé!« rief er und hob sein Weinglas.
»Merci«, sagte Michael Strogoff und räusperte sich. Nadja blickte auf ihren Teller. Sie hatte sich mit einer Portion Kulbat begnügt. Das ist eine Art Bauernfrühstück, bestehend aus Ei, Reis und geräuchertem Fleisch. Dazu gab es Tee.
So nahm die Mahlzeit nicht viel Zeit in Anspruch, und die Rechnung hielt sich in Grenzen. Keine halbe Stunde war verstrichen, da saßen die beiden wieder auf dem Achterdeck beisammen, und nach einer Weile nachdenklichen Schweigens begann Nadja zu sprechen, flüsternd nur, so daß keiner der umstehenden Passagiere hören konnte, was allein Michael Strogoff zu hören bestimmt war:
»Bruder, ich bin die Tochter eines Verbannten. Wassilij Fedor ist der Name meines Vaters. Ich bin auf dem Wege zu ihm und hoffe, ihn in Irkutsk zu finden. Vor einem Monat starb meine Mutter in Riga. So habe ich mich auf die Reise gemacht, um mit meinem Vater das schwere Los der Verbannung zu teilen.«

»Und allein, kleine Nadja, ganz allein wagst du dich in die Steppen Sibiriens?«
»Was soll ich denn sonst tun?«
»Weißt du denn nicht, daß das Land in Aufruhr, von wilden Horden überschwemmt ist?«
»Ich ahnte nichts von den Tataren, als ich Riga verließ. Erst in Moskau hörte ich davon.«
»Und dennoch hast du die Reise fortgesetzt?«
»Ja«, sagte Nadja, »es war meine Pflicht!«
Diese Antwort kennzeichnete vollkommen den Charakter des Mädchens. Der Kurier des Zaren vernahm sie mit Befriedigung. Niemals würde sie zögern, ihre Pflicht zu tun, dachte er, während er Nadja betrachtete und ihrer Erzählung lauschte.
Sie sprach nun ausführlich von ihrem Vater. Wassilij Fedor war Arzt in Riga gewesen, seine Praxis eine der einträglichsten in der Stadt. Er hätte also seinen Beruf erfolgreich bis an sein seliges Ende ausüben und zufrieden im Schoße seiner Familie leben können, hätte er nicht unvorsichtigerweise seine Sympathie für eine gewisse konspirative Bewegung allzu offen erklärt.
»Was haben Sie eigentlich gegen die Kommunisten?« hatte er einen Patienten gefragt. Am Tage darauf war er verhaftet worden. Der Patient war ein korrespondierendes Mitglied der Ochrana. Eine Zeitlang galt Wassilij Fedor als vermißt. Doch dann war ein Brief aus Sibirien gekommen: Man hatte Nadjas Vater deportiert.
Seit zwei Jahren hielt er sich nun in der Hauptstadt des östlichen Sibirien auf, wo er, wenn auch ohne damit Geld zu verdienen, immerhin seinen Beruf ausüben durfte. Nadjas Mutter, die ihrem Mann nicht hatte folgen können, war 20 Monate nach seiner Verhaftung vor Gram gestorben.
»Es war eine schwere Zeit«, sagte Nadja.
Stumm drückte Michael Strogoff die Hand des Mädchens.
Die *Kaukasus* hatte mittlerweile ein gutes Stück zurückgelegt. Der Abend wollte schon anbrechen. Die Luft war köstlich frisch. Funken sprudelten aus dem Schlot des Dampfers, dessen Maschine mit Tannenholz geheizt wurde.
In das gleichmäßige Rauschen der Schaufelräder mischte sich plötzlich das Geheul eines Wolfes, der ganz in der Nähe auf dem rechten Ufer der Kama im Schatten der Wälder sein Unwesen zu treiben schien.

6

Die Telega ist ein offener, vierrädriger Wagen, der vollkommen aus Holz gebaut wird. Räder, Achsen, Pflöcke, Kasten und Rungen, alles stammt von den Bäumen Sibiriens, die das billigste Baumaterial liefern. Die verschiedenen Teile der Telega werden in der Regel von Stricken zusammengehalten. So läßt sich kein unbequemeres, aber zugleich auch kein unverwüstlicheres Gefährt denken als eine Telega. Zwar geschieht nicht selten ein Unglück damit, aber weil es an Holz in Sibirien nirgendwo mangelt, dauert es gewöhnlich nur ein paar Stunden, bis der Schaden behoben ist. Achsen, Rungen und Pflöcke wachsen am Wegesrand. Und wenn doch einmal alle Stricke reißen, so nimmt man es ohne Ärger hin, wenn nur die vordere Hälfte der ›Kutsche‹ die nächste Poststation erreicht. Solange die Fuhre rollt, ist nichts verloren. Einer Telega sind alle Straßen recht. Folglich stellt dieses Fahrzeug das gebräuchlichste Verkehrsmittel in Sibirien dar.
Bequemer ist der Tarantaß. Man darf aber deshalb nicht annehmen, daß die Wagner sich bei seiner Konstruktion der letzten Erkenntnisse der Technik bedienten. Dem Tarantaß fehlen die Federn ebenso wie der Telega, denn in Sibirien mangelt es an Eisen, zumindest an bearbeitetem. An Holz dagegen braucht nicht gespart zu werden. Die hohen Räder des Tarantaß haben einen Abstand von mindestens zweieinhalb Metern, was zur Folge hat, daß auf den holprigen Wegen Sibiriens der Wagen zwar weniger leicht aus dem Gleichgewicht, dafür aber leichter ins Schwanken kommt als die Telega. Ein hohes Spritzleder schützt die Insassen vor dem Straßenschmutz, und ein Verdeck, ebenfalls aus Leder, läßt sich herunterziehen und ermöglicht es, das Coupé fast hermetisch abzuschließen. Das vermindert die Belästigung durch Staub und Hitze im Sommer, durch Schnee und Kälte im Winter ganz erheblich. Übrigens zerfällt der Tarantaß ebenso gerne in seine Einzelteile wie die Telega und ist ebenso schnell repariert. Die Gefahr jedoch, daß seine hintere Hälfte zurückgelassen werden muß, ist geringer.
In Perm angelangt, entdeckte Michael Strogoff erst nach langer Suche ein solches Gefährt. Er selbst hätte auch mit einer Telega vorliebgenommen. Nadja zu Gefallen aber schraubte er seine Ansprüche höher.

»Schwester, etwas Bequemeres war nicht aufzutreiben. Willst du einsteigen?«
»Danke!«
»Aber ich warne dich: das ist keine Equipage. Da drinnen wird man durchgerüttelt, daß es seine Art hat!«
»Macht nichts«, sagte Nadja, »besser als zu Fuß!«
Der Postillion oder Jemschik hatte angeschirrt. Der Tarantaß stand zur Abfahrt bereit. Die drei Pferde sahen aus wie Bären mit zu lang geratenen Beinen. Sie waren über und über bewachsen mit zottigem Fell.
»Mähnen, aber keine Pferde«, rief Nadja.
Doch der Jemschik brummte. Er liebte solche Scherze nicht, denn er wußte, was seine Tiere leisten konnten. Die sibirische Rasse ist von kleinem Wuchs, aber feurig und ausdauernd. Und das Fell brauchen die Tiere im Winter.
»Haben Sie kein Gepäck?« fragte der Jemschik.
»Wie du siehst . . .«
»Raben«, murmelte der Jemschik in seinen Bart, laut genug, daß seine Fahrgäste es hören konnten, »was sage ich? Krähen! Krähen zu 4 Kopeken die Werst.«
»Nicht doch! Adler!« erwiderte Michael Strogoff, mit diesen Ausdrücken wohlvertraut, »Adler, hörst du! 9 Kopeken die Werst! Und wenn du dich sputest, gibt's noch Trinkgeld dazu!«
Ein lustiger Peitschenknall war die Antwort. ›Rabe‹ heißt in der Sprache der russischen Postillione der geizige oder unbemittelte Fahrgast, der seine Ersatzpferde vom Bauern nimmt und mit dem Pfennig fuchst. ›Adler‹ wird genannt, wer mit dem Kleingeld nicht geizt und auch schon mal einen Schein spendiert.
Nadja und Michael nahmen eiligst im Tarantaß Platz. Ein wenig Proviant wurde im Wagenkasten verstaut. Die Plane wurde heruntergelassen, denn die Hitze war unerträglich. Gegen Mittag verließ der Tarantaß mit seinem Dreiergespann Perm.
Die Art und Weise, wie der Jemschik sein Gespann im gleichen Tempo hielt, wäre jedem Fremden sofort aufgefallen. Er benötigte dazu nicht Zügel noch Zaumzeug. Was er in den Händen hielt, war nur eine dünne Hanfschnur. Das Deichselpferd, in der Mitte gehend, regulierte die Gangart. Von etwas größerem Bau als seine Vettern links und rechts, hielt es unablässig

einen langgestreckten Trab ein. Die beiden anderen Gäule schienen keine andere Gangart als den Galopp zu kennen und gebärdeten sich dabei wie toll. Der Muschik schlug sie kein einziges Mal. Höchstens spornte er sie durch den Knall seiner Peitsche an. Aber wie viele Koseworte verschwendete er an sie, die Heiligennamen gar nicht mitgerechnet, wenn sie sich als brave, folgsame Tiere erwiesen:

»Lauft zu, meine Kätzchen, ihr zierlichen Schwälbchen! Fliegt dahin, ihr meine Turteltauben! Lauf zu, Väterchen rechts. Marja, Joscha und Gottvater, das nenn ich Tempo! Hurtig, hurtig!«

Freilich, wenn die Pferde einmal nicht wollten wie er, dann sang der Jemschik eine andere Arie:

»Ihr Teufelsschnecken, Blindschleichen, Schildkröten! Wollt ihr wohl laufen! Beine werd' ich euch machen! Lebendig zu Tode schinden werd' ich euch! Wahrlich, das werde ich! Schrecklicher bin ich in meinem Zorn als der schreckliche Iwan! Verdammt sollt ihr sein im Jenseits!«

Michael Strogoff war an solche Litaneien gewöhnt. Für ihn waren Jemschik, sein Wagen und seine Fahrweise nichts Neues. Weder Holper noch Holterdiepolter konnten ihn etwas anhaben. Er wußte, daß ein russisches Gespann, wenn es einmal in Fahrt ist, auch vor umgestürzten Bäumen nicht haltmacht, von größeren Klamotten, tiefen Pfützen, Schlammlöchern und ähnlichen Hindernissen auf dem Wege ganz zu schweigen, die in den westlichen Ländern zu mehrstündiger Verspätung führen können. Und es ist nichts Ungewöhnliches, wenn die im Coupé hin und her geworfenen Reisenden diese oder jene Verletzung erleiden.

Doch Nadja beschwerte sich nicht. Anfangs verhielt sie sich ruhig, stumm wie ein Fisch. Sie schien ganz im Bann der rasenden Geschwindigkeit zu stehen, mit der sie sich von dannen geführt sah. Man bedenke: 10 bis 12 km/h!

»Ich habe 280 km zwischen Perm und Jekaterinburg gerechnet. Kommt das hin?«

»So ungefähr«, sagte Michael Strogoff.

»Und die Fahrt durchs Gebirge?«

»Wird 48 h dauern, wenn alles gutgeht. Verschnaufpausen gibt es nicht, tut mir leid. Wir müssen reisen bei Tag und bei Nacht. Es eilt!«

»Mir soll es recht sein.«

»Wir könnten in 20 Tagen an Ort und Stelle sein. Doch ich bezweifle, daß das gelingen wird. Man sagt, die Truppen des Feofar-Khan zögen den Irtysch hinab. Wenn sie uns nur nicht den Weg abschneiden! Wir müssen ihnen zuvorkommen, verstehst du? Sonst kann es uns passieren, daß wir in Omsk von den Tataren empfangen werden. Wir dürfen keine Minute verlieren!«

»Hast du die Reise schon einmal gemacht?«

»Schon mehrmals.«

»Auch im Winter?«

»Ja. Aber das wäre nichts für dich, Nadja!«

»Wieso? Der Winter ist des Russen Freund . . .«

». . . aber welche Stärke verlangt diese Freundschaft! Wußte Napoleon das auch? Ich habe oft 40° unter Null erlebt, habe gesehen, wie den Schlittenpferden ein zweites Fell aus Eis wuchs, wie der Atem gefror. Der Schnaps in meiner Flasche wurde steinhart. Drei Paar wollene Strümpfe waren noch zu wenig für meine Füße. Unter meinem Rentierpelz fühlte ich mich wie ein Schneemann. Aber: mein Schlitten flog dahin. Kein Hindernis auf der unendlich weißen Fläche! Kein Sumpf, kein See, kein Fluß! Der Winter baut Brücken. Überall freie Bahn! Ja, im Winter geht es schnell! Doch frage nicht, unter welchen Qualen . . . Davon könnten nur die berichten, die nicht zurückgekommen sind!«

»Aber du bist doch zurückgekehrt.«

»Ich bin Sibirier, Nadja, und kenne Väterchen Frost von Jugend an. Ich weiß, wie er züchtigt.«

An diesem Tage wurde der Tarantaß von den Jemschiks, die sich auf jeder Station ablösten, mit großer Eile gefahren. Die freigebig verteilten Trinkgelder setzten die beiden Reisenden in äußerst günstiges Licht. Die Postmeister mochten sich darüber wundern, daß nach Bekanntgabe des kaiserlichen Erlasses ein junger Mann und seine Schwester durch Sibirien reisen durften. Die Papiere der beiden waren jedoch in Ordnung, und also wurden keine Fragen gestellt. Rasch verschwanden die Wegzeichen hinter dem Tarantaß.

Das Wetter blieb schön, doch wurde es gegen Abend drückend. Zwar versperrte keine Wolke die Aussicht auf den mit Sternen übersäten Himmel, doch es war, als stiege ein heißer Atem von der Erde auf. Michael Strogoff, mit den Zeichen der Natur vertraut, sah oft besorgt gen Osten. Daß sich im Gebirge ein

Gewitter zusammenbraute, war zu befürchten, und Gewitter im Uralgebirge haben es in sich.
»Sieht mir ganz nach Regen aus«, sagte der Jemschik, der in Kungur den Bock bestieg. Und der in Irginskoi meinte:
»Rumort schon ganz schön in den Bergen, kommt was von oben, gibt ein Konzert. Warum warten Sie nicht in Ruhe ab, daß die Brühe runterkommt? Wenn es Sie morgen in den Bergen erwischt . . ., kann unangenehm werden!«
Doch ging die Nacht ohne jeden Zwischenfall vorüber. Zwar gab es ein Wetterleuchten am östlichen Horizont und im Wagen bisweilen ein mächtiges Stoßen und Rütteln, aber Nadja ließ sich dadurch nicht stören. Sie schlief mehrere Stunden. Der Jemschick hatte die Plane halb geöffnet, und so sorgte der Fahrtwind für frische Luft.
Am nächsten Tage, es war der 20. Juli, zeichnete sich das Profil des Uralgebirges im Osten ab.
»Weiter! Weiter! Und dreifaches Trinkgeld, wenn wir morgen früh in Jekaterinburg sind!«

7

Der Ural ist etwa 2800 km lang. Sein Name ist tatarischen Ursprungs und bedeutet soviel wie ›Gürtel‹. Vom Karischen Meer im Norden bis fast zum Kaspischen Meer erstreckt sich dieses Gebirgsmassiv und bildet die natürliche Grenze zwischen Europa und Asien.
Michael Strogoff mußte diese Grenze überschreiten, um von Rußland nach Sibirien zu gelangen. Eine Nacht mußte ausreichen für die Fahrt durch das Gebirge, zumal die Route Perm—Jekaterinburg als die sicherste gilt. Doch kündigte fernes Donnergrollen einen schweren Sturm an. Der Himmel hatte sich bezogen, als der Tarantaß gegen Abend den beschwerlichen Anstieg begann. Die Atmosphäre war mit Elektrizität geladen. Ungeheure Nebelmassen senkten sich herab. Einige dieser Schwaden strahlten in einem eigentümlichen phosphoreszierenden Glanz, und indem sie sich allmählich dem Erdboden näherten, zogen sie ein immer dichter werdendes Netz zusammen. Mehr und mehr verhüllte sich das Gebirge. Bald war die

Straße im Dunst kaum noch auszumachen, und der Jemschik fluchte.
In Voraussicht des Kommenden hatte er die Zugleinen der Pferde doppelt genommen, die Wagendecke fester gebunden, das Stoßeisen der Naben mit Stroh abgefüttert sowie Vorder- und Hintergestell des Wagens mit einem Rödelbalken verkoppelt. Dieser Balken vertrat den Krummschwengel, der in den an Schwanenhälsen aufgehängten Berlinen die Achsen zusammenhält. Zwei Laternen waren links und rechts vom Kutschbock angebracht worden. Ihr bleiches Licht erhellte den Weg nur wenig.
Die Kette des Ural erreicht nur eine mittlere Höhe. Die höchste Erhebung, der Töllposis, ragt 1688 m hoch. Ewigen Schnee kennt man dort nicht. Was der Winter aufhäuft, nimmt der Sommer wieder fort. So gedeihen Bäume und leben Tiere noch in den höher gelegenen Regionen.
Bekannt sind die Erz-, Kupfer und Edelsteinminen dieser Gegend. Die Vorstellung, der Ural sei gänzlich weltabgeschieden und menschenleer, ist antiquiert. Allenthalben trifft der Reisende auf die ›Savodys‹ genannten Dörfer, Arbeitergemeinden zumeist. Die wachsende Industrialisierung dieses Gebietes bedingt gute Verkehrswege. Die großen Pässe sind durchaus in veritablem Zustand und werden von Postwagen regelmäßig befahren. Was aber zum Vergnügen wird bei schönem Wetter und bei Tage, ist nachts und bei Gewitter ein Abenteuer.
Michael Strogoff ahnte, was dem Tarantaß und seinen Insassen bevorstand. Er hatte die Ledervorhänge angehoben und blickte besorgt in die unheimliche Finsternis hinaus. Der Kampf der Elemente würde nicht mehr lange auf sich warten lassen. Phantastische Schattenbilder sprangen neben dem schwankenden Wagen, seit die Laternen angezündet waren. Regungslos, die Arme übereinandergeschlagen, saß Nadja.
»Wie sieht's aus, Jemschik?«
»Düster!«
Noch war die Luft still, aber es war eine unheilvolle Stille. Man hätte meinen können, die Natur sei erstickt, die Wolken seien gestorben, der Wind sei ausgewandert. Wäre nicht das Knirschen der Wagenräder gewesen, die den Kies der Straße zerdrückten, das Quietschen der Naben und Achsen, das Schnaufen der Pferde, das Klappern ihrer eisenbeschlagenen Hufe, so wäre die Stille vollkommen gewesen.

Die Straße war verlassen. Kein Wanderer ließ sich blicken. Kein Reiter kam des Weges. Kein anderer Wagen begegnete dem Tarantaß. In den Wäldern leuchteten nicht die Feuer der Köhler. Und wo waren die Lager der Bergleute geblieben? Ringsum ließ nichts auf menschliches Leben schließen.
»Wie sieht's aus, Jemschik?«
»Nichts zu sehen!«
Doch gegen Mitternacht begannen Blitze den Himmel zu erhellen. Jäh erschienen die Silhouetten der riesigen Fichten, um ebenso schnell wieder im Dunkeln zu verschwinden. Unergründliche Tiefen taten sich auf. Die Luft war plötzlich von einem dumpfen Brausen erfüllt, das um so lauter dröhnte, je höher das Fahrzeug gelangte. In dieses Geräusch mischte sich das Geschrei des Jemschiks. Bald suchte er seine Tiere zu begütigen, bald brüllte er sie an. Die Namen aller Heiligen zählte er auf. Die Pferde wollten nicht vorwärts. Sie schienen von der drückenden Schwüle mehr ermattet als durch das Gewicht des Wagens auf steil ansteigendem Wege. Auch das Schellengeläut an der Gabeldeichsel munterte sie nicht mehr auf. Sie waren nahe daran zusammenzubrechen. Schaum stand ihnen vor dem Maul. Ihre Flanken hoben und senkten sich in schnellem Takt.
»Wann werden wir die Paßhöhe erreichen?«
»Ich fürchte, gar nicht!« rief der Jemschik.
»Freundchen, das ist doch wohl nicht der erste Sturm, den du im Gebirge erlebst?«
»Gott gebe, daß es nicht mein letzter ist!«
»Hast du Angst?«
»Das nicht, aber ich sage Ihnen: es war unrecht loszufahren! Die Sache wird sich nicht lohnen!«
Wie zur Bestätigung des Jemschiks ließ sich in diesem Augenblick ein fernes Getöse vernehmen. Schrilles Pfeifen durchdrang die Luft. Beim Schein eines Blitzes, dem fast auf der Stelle der Donnerschlag folgte, waren auf einer nahen Anhöhe Fichten zu sehen, die sich wie im Tanze bogen. Der Sturm war entfesselt, noch aber tobte er in den höheren Luftschichten, fuhr über die Bergkämme dahin. Deutlich war zu hören, daß einige morsche oder schlecht eingewurzelte Bäume dem ersten Angriff zum Opfer fielen. Das Krachen und Kreischen des splitternden Holzes übertönte selbst den Donner und ließ die Pferde zusammenschrecken. Plötzlich polterte eine Lawine von zerborstenen Bergriesen quer über den Weg, kaum 60 m vom Tarantaß ent-

fernt. Jetzt scheuten die Pferde und widersetzten sich den Befehlen des Jemschiks.
»Vorwärts, ihr Täubchen! Nur zu!«
Michael Strogoff ergriff Nadjas Hand.
»Schläfst du, Schwester?«
»Nein.«
»Der Sturm ist los!«
»Das merke ich!«
Michael Strogoff konnte gerade noch die Ledervorhänge des Tarantaß schließen. Ungestüm brauste der Wirbelsturm heran. Der Jemschik war mit einem Satz vom Bock. Er versuchte, die Pferde zu halten. Das Gespann befand sich in großer Gefahr. Von den Blitzen geblendet, außer sich vor Entsetzen wegen des unaufhörlichen Grollens und Donnerns, drohten die Tiere durchzugehen. Ungebärdig zerrten sie an ihren Strängen. Der Jemschik wurde ihrer nicht Herr. Michael Strogoff sprang aus dem Wagen und kam ihm zu Hilfe. Dank seiner außergewöhnlichen Körperkraft brachte er das Kunststück fertig, die Pferde nach heftigem Ringkampf zu bändigen. Aber die Wut des Sturmes verdoppelte sich jetzt. Wieder stürzte eine Lawine aus Steinen und Baumstämmen hernieder. Es prasselte geradezu. Der Tarantaß stand unter schwerstem Beschuß.
»Hier können wir nicht bleiben!«
»Werden wir auch nicht!« jammerte der Jemschik.
Er mußte sich mit beiden Händen an der Deichsel festhalten, sonst hätte es ihn davongeweht. Das Tal, in dem die Straße verlief, verengte sich an dieser Stelle trichterförmig. So mußte sich der Orkan verfangen, und er blies mit zehnfacher Stärke.
»Nimm das rechte Pferd, Hasenfuß!« rief Michael Strogoff, »ich nehme das linke!«
Aber allen Anstrengungen zum Trotz rutschte der Wagen einige Längen zurück. Zum Glück hielt ihn ein über dem Weg liegender Baumstamm auf, ehe er richtig in Fahrt gekommen war.
»Sei ohne Furcht, Nadja!«
»Ich fürchte mich nicht!«
Das Grollen des Donners verstummte für einen Augenblick. Eine heftige Bö verlor sich heulend in der Tiefe.
»Wollen Sie zurück?« fragte der Jemschik.
»Nein, vorwärts! Wenn wir die Kurve geschafft haben, sind wir im Windschatten!«

»Aber die Pferde! Sie wollen nicht!«
»Mach es mir nach! Wir ziehen sie voran!«
»Und was, wenn uns die nächste Bö trifft?«
»Wirst du gehorchen?!«
»Wenn's sein muß.«
»Väterchen selbst befiehlt es«, sagte Michael Strogoff, und der Jemschik erschrak, als hätte der Blitz dicht neben ihm eingeschlagen. Zum erstenmal hatte sich Michael Strogoff auf den Zaren berufen, hatte er den auf einem Drittel des Erdteils allmächtigen Namen genannt.
»Vorwärts, ihr Täubchen!« rief der Jemschik, und er ergriff das rechte Pferd, während Michael Strogoff das linke packte. Widerstrebend setzten sich die Tiere in Bewegung. Nun konnten sie nicht mehr zur Seite hin ausweichen. Aber Männer und Pferde machten, gegen den Sturm ankämpfend, kaum zwei Schritte voran, ohne nicht einen wieder zu verlieren. Sie rutschten aus, sie fielen hin, sie taumelten gegeneinander. Michael Strogoff und der Jemschik benötigten für eine Strecke von vielleicht 400 m mehr als 2 h, und dabei drohte ihnen Gefahr nicht allein durch den Orkan, sondern vor allem durch herabstürzende Felsen und herniedergehende Bäume.
Beim Aufleuchten eines Blitzes war einmal eine solche riesige Fichte zu erkennen, die, gleichsam Purzelbaum schlagend und dabei gewaltige Sprünge machend, geradewegs auf den Tarantaß losgaloppierte, um ihn zerschmettern zu können.
Der Jemschik stieß einen Warnruf aus. Mit kraftvollen Peitschenhieben wollte Michael Strogoff die Pferde antreiben, doch ausgerechnet in diesem Moment verweigerten sie. Jetzt war die Lage wirklich ernst. Wenige Sekunden noch – dann mußte das Unglück geschehen sein. Schon sah Michael Strogoff den Wagen in Trümmern und seine Gefährtin zermalmt.
»Ich hab's ja geahnt?« rief der Jemschik.
Doch Michael Strogoff verzweifelte nicht. Er besann sich nicht lange, stürzte nach hinten und stemmte sich gegen den Wagen. Die Gefahr verlieh ihm übermenschliche Stärke. Gewaltige Energien wurden frei: Mit letztem Einsatz schob der Kurier des Zaren den schweren Tarantaß einige Meter voran.
Doch ließ es sich nicht verhindern, daß der riesige Baumstamm die Brust des jungen Mannes streifte. Da blieb selbst Michael Strogoff die Luft weg.
»Bruder«, rief Nadja, »bist du verletzt?«

»Schwester«, rief Michael Strogoff, der sich schon wieder aufgerappelt hatte, »Gott ist mit uns!«
»Mit mir gewiß, da er dich mir gesandt hat ...«, murmelte die junge Livländerin.
Der Stoß, den Michael Strogoff dem Tarantaß versetzt hatte, wirkte Wunder. Er war den Pferden ein Ansporn, ihren Weg fortzusetzen. Gezerrt von Michael Strogoff und dem Jemschik, stiegen sie weiter bergan, bis der Tarantaß an einen weit vorspringenden Felsen gelangte, der dem Gefährt Schutz vor dem ärgsten Wüten des Sturmes versprach. Und irgendeinen Unterschlupf zu finden war ein Gebot der Stunde!
Denn jetzt ging es erst richtig los! Blitze durchzuckten unaufhörlich die Schlucht. Donnerschläge folgten einander mit der Gleichmäßigkeit eines Trommelwirbels. Unter dem Ansturm der Elemente erbebte der Boden, schien das gesamte Uralmassiv erschüttert zu werden. Einige Tannen, deren Wipfel den Felsen überragten, waren mit einem Schlage geköpft, als sei eine riesige Sense über die Berge hin gefahren.
Der Tarantaß, in seinem Winkel stehend, blieb zwar vor dem ärgsten Wüten des Orkans bewahrt, war aber doch nicht völlig geschützt. Hin und wieder wurde er von abgeirrten Böen gegen die Felswand geworfen, daß man meinte, er würde augenblicklich in tausend Stücke zerspringen.
Arme Nadja! Sie mußte das Gefährt verlassen. Michael Strogoff suchte im Schein der Laternen und entdeckte auch bald eine vermutlich von Straßenarbeitern geschlagene Höhle. Hier konnte das junge Mädchen fürs erste Schutz finden.
Nun begann es auch noch zu regnen. Feuer und Wasser brachen zugleich aus dem Himmel.
»Abwarten«, meinte Michael Strogoff, »so ein Getöse dauert nicht ewig. Kurz nach 3 Uhr geht die Sonne auf. Die Paßhöhe liegt bereits hinter uns. Es wäre sträflicher Leichtsinn, jetzt die Reise fortzusetzen.«
»Wie du meinst.«
»Nadja«, sagte Michael Strogoff, »ich weiß, daß du entschlossen bist, allen Gefahren zu trotzen. Wenn ich aber uns in Gefahr bringe, setze ich mehr aufs Spiel als nur mein Leben, mehr als dein Leben, vom Jemschik gar nicht zu reden. Zu allererst muß ich an meinen Auftrag denken, muß ich meine Pflicht erfüllen!«
»Eine Pflicht?«

Das letzte, was die Zurückgebliebenen von ihm sahen, war sein Umhang, der wie das Flügelpaar einer Fledermaus auf und nieder flatterte.

In diesem Augenblick zerriß ein entsetzlicher Blitz die Finsternis. Ohrenbetäubendes Krachen folgte unmittelbar. Es stank nach Schwefel und Ozon. Eine Gruppe gigantischer Fichten stand plötzlich in Flammen wie eine einzige Fackel. Der Jemschik war zu Boden gegangen. Hatte ihn der Luftdruck umgeworfen oder nur der Schreck? Glücklicherweise erhob er sich unverletzt. Er rieb sich den Rücken und stieß Verwünschungen aus.

»Himmelherrgottsakrakruzitürken!«

Michael spürte, noch ehe der Donner verrollt war, wie Nadjas kleine Hand die seine drückte. Aber nicht Furcht bewegte das Mädchen.

»Hat da nicht jemand geschrien, mein Bruder?«

Tatsächlich, im allgemeinen Lärmen der Natur ließen sich jetzt deutlich menschliche Stimmen vernehmen. Michael Strogoff lauschte. Der Jemschik tat es ihm nach, schüttelte aber nach einer Weile den Kopf. Jemand schien um Hilfe zu rufen.

»Reisende in Todesnot«, flüsterte Nadja.

»Die sollen bloß nicht mit uns rechnen!« entschied der Jemschik und hielt sich die Ohren zu.

»Und warum nicht?«

»Wollen Sie etwa allen Ernstes . . .?«

»Allerdings, das will ich!« sprach Michael Strogoff.

»Aber glauben Sie nicht, daß ich mich noch mal auf den Kutschbock setze! Ich bleibe hier, und wenn es der Zar höchstpersönlich ist, der da im Finstern ruft! Sehen Sie nicht, daß die Pferde am Ende sind und mein Wagen . . .«

»Ich gehe zu Fuß!« unterbrach Michael Strogoff den Kutscher.

»Ich komme mit«, sagte Nadja.

»Du bleibst hier und paßt auf den Jemschik auf!«

»Gut, ich bleibe.«

Michael Strogoff drückte seiner Gefährtin die Hand und ging eiligen Schrittes davon. Blitze umzuckten seine Gestalt, Steinschlag umschwirrte sie. Bald verschwand der Kurier des Zaren in der Nacht. Das letzte, was die Zurückgebliebenen von ihm sahen, war sein Umhang, der, vom Sturm ausgebreitet, wie das Flügelpaar einer Fledermaus auf und nieder flatterte.

»Dem ist nicht zu helfen«, murmelte der Jemschik.

8

Michael Strogoff hastete durch die Nacht. Er war in großer Eile. Aber es drängte ihn nicht nur, denen beizustehen, die das Angstgeschrei von sich gaben. Auch die Neugier trieb ihn. Was mochten das für Leute sein, die das Unwetter nicht daran gehindert hatte, sich in das Gebirge zu wagen?
Der Regen hatte nun nachgelassen, doch wehte der Sturmwind mit ungebrochener Stärke. Immer deutlicher war das Geschrei zu hören, das er mit sich trug. Von der Stelle aus, wo Michael Strogoff Nadja und den Tarantaß zurückgelassen hatte, war niemand zu sehen gewesen. Die in Serpentinen sich windende Straße ließ sich nur über eine kurze Strecke überblicken. Böen, Wirbel und Windhosen machten Michael Strogoff auf seinem Wege zu schaffen. Nichtsdestoweniger schritt der Kurier des Zaren rüstig aus.
Bald wurde es ihm klar, daß die Verunglückten nicht mehr weit entfernt sein konnten. Denn zwar konnte Michael Strogoff sie noch nicht entdecken – möglicherweise weil sie vom Wege abgekommen waren, vielleicht weil die Finsternis oder ein Echo ihn narrten –, doch ganz genau unterschied er jetzt zwei Stimmen und begann deren Rede zu verstehen. Er war nicht wenig erstaunt, als er folgenden Dialog vernahm:
»Eh, la-bas!«
»Hiergeblieben!«
»Hallo, Jemschik!«
»Come back, you devil of a fellow!«
»Und so was nennt sich Verkehr hierzulande!«
»Fährt einfach weiter, läßt uns hier sitzen, scheint gar nicht zu merken, was los ist. Beschweren werd' ich mich. Werde zur Verwaltung gehen, by Jove, das werde ich. Der Bursche soll die Knute spüren. Zum Teufel mit ihm!«
»Merde!«
»Damned!«
Die Herren, die diese Beschimpfung des russischen Postverkehrswesens vom Stapel ließen, waren ohne Zweifel noch bei guter Gesundheit, jedenfalls nicht in Todesgefahr. Ja, der eine schien die Sache sogar von der heiteren Seite zu nehmen. Er brach in schallendes Gelächter aus, ein Laut, der in Anbetracht der wild erregten Natur recht unerwartet kam.

»Eh bien! Nee so was! Ich lach' mich schief!«
»Lassen Sie Ihre Frivolitäten!«
»Aber nein! Warum denn? Ist es nicht köstlich? Wirklich, ich lache mich krumm. Ich finde, es ist zum Totlachen! Das ist so einmalig, das hat es überhaupt noch nie . . .«
Es zischte. Ein gräßlicher Blitzschlag unterbrach den Spaßvogel, und der Donnerschlag, der ihm quasi auf dem Fuße folgte, hätte selbst den Artilleristen James T. Maston aus Baltimore das Fürchten gelehrt. Doch als das Rumoren verklungen war, tönte es unbeeindruckt:
». . . niemals gegeben! Parole d'honneur, in Frankreich könnte so was nicht passieren!«
»Meinen Sie, in England?«
Michael Strogoff erkannte keine 20 m vor sich zwei Männer, die gestikulierend auf einem absonderlichen Fahrzeug saßen. Es handelte sich um eine Art zweirädrigen Karren, der sich in einem tiefen Schlammloch festgefahren hatte.
»Sieh an, wer da kommt!« rief der Franzose entgeistert. »Was treiben Sie denn hier? Na so was! Rußland ist groß, und die Welt ist doch so klein! Nicht zu fassen. Wollen Sie uns Gesellschaft leisten, mein Herr? Bin entzückt! Wo haben Sie Ihre Braut gelassen?«
»Sie meinen meine Schwester . . .?« sagte Michael Strogoff.
»Um so besser! Aber wollen wir uns nicht zunächst miteinander bekannt machen? Jolivet ist mein Name, Alcide Jolivet!«
»Angenehm, Korpanoff.«
»Und das hier ist mein bester Feind, Mister Blount!«
»Morning!«
»Kennen wir uns nicht? Sie waren an Bord der *Kaukasus*?«
»Ganz recht, Kabine 14.«
»Sehr erfreut!«
»Ganz meinerseits, Herr Kornapsoff!«
»Korpanoff, Nikolas Korpanoff«, berichtigte Michael Strogoff. Er war keineswegs so erfreut. Ein wenig verwirrt reichte er dem Engländer die Hand und gab sie auch dem Franzosen, der sie herzlich schüttelte.
»Wollen Sie mir nun sagen, was hier los ist?! Warum jammert der eine? Woran hat der andere seinen Spaß?«
»Sie werden sich grün lachen, Herr Korpanoff. Stellen Sie sich vor: unser Kutscher ist mit dem Vorderteil seines Vehikels durchgebrannt. Ulkig, was?«

»Nicht im geringsten«, widersprach Mister Blount.
»Aber doch! Aber doch, Herr Kollege«, plapperte der Franzose, »wie wir hier sitzen, ohne Kutscher, ohne Pferde und bei Windstärke 12, ich muß schon sagen: das ist 'ne Wucht!«
»Danke«, sagte Blount, »mir reicht's. Wie sollen wir hier wieder wegkommen?«
»Nichts einfacher als das. Sie spannen sich vor diese Equipage, ich nenne Sie ›Täubchen‹ und ›Schwälbchen‹, und ab geht die Post!«
»Monsieur Jolivet, ich muß doch sehr bitten!«
»Beruhigen Sie sich doch! Denken Sie an Ihre Nerven, Kollege. So war es ja gar nicht gemeint! Wenn Sie nicht mehr weiterkönnen, löse ich Sie ab. Und bitte: Sie dürfen mich dann ungestraft ›Schildkröte‹ und ›Schnecke‹ titulieren.«
Michael Strogoff lächelte.
»Meine Herren«, sagte er, »ich mache Ihnen einen Vorschlag. Ich bin mit meinem Tarantaß oben auf der Paßhöhe angelangt. Ich werde Ihnen eines meiner Pferde borgen. Wir spannen es vor den Rest Ihrer Telega, und wenn alles gutgeht, sind wir morgen in Jekaterinburg.«
»Fein!« sagte Jolivet.
»Mehr kann ich leider nicht für Sie tun. Mein Tarantaß hat nur zwei Plätze. Die sind für mich und meine Schwester. Ich würde Ihnen selbstverständlich gerne . . .«
»Wozu denn?« rief der Franzose, und Blount beeilte sich zu sagen:
»Mein Herr, wir nehmen Ihr liebenswürdiges Angebot mit Vergnügen an, vielen Dank!«
»Keine Ursache. Wenn Sie mir nun bitte folgen würden?!«
»Unauffällig?« scherzte Jolivet.
»Und die Telega . . .«, wandte Blount ein.
»Keine Angst, die fliegt nicht weg. Die hat schon Wurzeln geschlagen!«
Jolivet und Blount kletterten von ihrem Sitz. Ein guter Beobachter hätte bemerken müssen, daß sie ihn seit einigen Stunden nicht verlassen haben konnten. Wo sie gesessen hatten, war das Lederpolster trocken. Michael Strogoffs prüfendem Blick entging diese Tatsache nicht und er fragte:
»Schon lange unterwegs?«
»Immer unterwegs«, sagte Blount.
»Mister Blount und ich«, erläuterte Jolivet, »wir reisen so

der Nase nach, und wo die Luft bleihaltig ist, da bleiben wir ein Weilchen. Wir sind auf der Jagd nach Neuigkeiten, verstehen Sie?«
»Sie sind von der Presse?«
»Erraten!«
»Wollen Sie etwa in die vom Feinde besetzten Provinzen?«
»So ist es.«
»Aha«, sagte Michael Strogoff, dem diese Antwort nicht gefallen wollte.
»Sie etwa auch?«
»Gott bewahre! Ich bin ein einfacher Kaufmann. Was sollte ich mit Kriegsgeschrei und Flintenschüssen?«
»Schade, Herr Korpanoff«, sagte Jolivet, »wir werden uns also demnächst trennen müssen. Aber falls Sie auch nach Ischim reisen ..., das ist nämlich unser nächstes Ziel, und es wäre mir ein Vergnügen und gewiß auch Mister Blount, wenn Sie uns ein Stück begleiten würden.«
»Bitte!« rief Blount.
»Meinetwegen gerne«, erwiderte Michael Strogoff, obwohl er lieber allein geblieben wäre. Doch wie hätte er die freundliche Einladung zurückweisen können?
»Abgemacht«, sagte Jolivet, »da werden wir also in der Steppe nette Gesellschaft haben.«
Aber vorerst war an Steppe nicht zu denken. Noch tobte der Sturm, entlud sich die Elektrizität der Atmosphäre, brannte der Wald an verschiedenen Stellen, stürzten Bäume und Felsen herab, befand man sich im Gebirge. Doch dämmerte es bereits. Ein neuer Tag begann.
»Damned!« fluchte Blount, während sie durch tiefen Morast stapften, »den Jemschik werde ich vor Gericht bringen. Der Kerl soll mir Schmerzensgeld zahlen, by Jove, das soll er!«
»Kennen Sie eigentlich die Geschichte von der russischen Amme, die die Familie ihres Säuglings um Stillgeld für 12 Monate verklagt hatte?« fragte Jolivet.
»Kenn' ich nicht!«
»Dann wissen Sie auch nicht, was aus diesem Säugling geworden war, als der Prozeß zu seinen Gunsten entschieden wurde?«
»Na, was denn?« raunzte Blount.
»Oberst a. D.!«
»So so«, sagte Blount, »aber was war das eben?«

»Was?« fragte Jolivet, der noch immer über seinen Witz lachte, und auch Michael Strogoff blickte den Engländer fragend an.
»Dieses scheußliche Brummen, haben Sie nichts gehört?«
»Nadja, ich komme!« schrie Michael Strogoff und setzte sich in Bewegung, »voran, es geht um Leben oder Tod!«
Blount und Jolivet folgten dem Davonstürmenden eiligst. Bald darauf standen sie vor dem Felsvorsprung, hinter dem der Tarantaß Schutz gefunden hatte. Die vom Blitz getroffene Fichtengruppe brannte noch immer und beleuchtete die Szene taghell. Die beiden Reporter sahen zu ihren Schrecken einen riesigen Braunbären, der, auf den Hinterbeinen gehend, langsam vor Michael Strogoff zurückwich. Der hatte seinen Dolch gezückt und verharrte in geduckter Haltung. Die blanke Schneide blitzte im Licht des Waldbrandes.
Die Pferde wieherten. Die Bestie hatte sie in Panik versetzt und sie wären mit dem Wagen entweder in die Tiefe gestürzt oder in das Feuer gegangen, wäre Nadja nicht gewesen. Anstelle des Jemschiks versuchte das Mädchen, das Unglück zu verhindern, indem sie einen Ast zwischen die Radspeichen hielt.
Doch plötzlich sprang Michael Strogoff mit einem Satz den Bären an. Sein Arm machte nur eine Bewegung von oben nach unten – da fiel das Untier, aufgeschlitzt von der Gurgel bis zum Bauch, leblos zu Boden. Eine Blutfontäne spritzte empor.
»Danke, mein Bruder!« konnte Nadja nur noch sagen, als sie in den Armen Michael Strogoffs lag.
Jetzt eilten die beiden Journalisten herbei, die es vorgezogen hatten, das Schauspiel aus sicherer Entfernung zu betrachten. Blount kümmerte sich um die Pferde, und Jolivet, der sich den toten Bären besah, murmelte:
»Ob der wirklich Kaufmann ist?«

9

Als die Gesellschaft sich nach sechsstündiger Fahrt Jekaterinburg näherte, hatte Alcide Jolivet einen Einfall. Er wühlte in seinem Reisekoffer, fand sein Notizbuch und schrieb: Telega,

russisches Fahrzeug, fährt vierrädrig los und kommt zweirädrig an.
Genaugenommen ist Jekaterinburg eine Stadt Asiens, denn es liegt östlich des Uralgebirges. Da es jedoch zum Gouvernement Perm gehört, wird es zum europäischen Teil des Russischen Reiches gerechnet. Jekaterinburg ist ein Stück Sibiriens, das zwischen den russischen Kinnbacken hängengeblieben ist, in etwa zwischen den beiden linken Eckzähnen.
Die Stadt wurde 1723 gegründet. Ein großer Münzhof befindet sich dort, der erste im Kaiserreich. Dazu beherbergt die Stadt sieben Standbilder von sieben verschiedenen Zaren, das größte davon über 9 m hoch, mehrere wissenschaftliche Institute sowie einen Hauptbahnhof, der jedoch zur Zeit noch zweckentfremdet wird, da die Eisenbahnstrecke, wie der Leser weiß, bei Nischnij-Nowgorod endet. Das wichtigste Gebäude ist jedoch ohne Zweifel die Generaldirektion der Vereinigten Bergwerke. Jekaterinburg bildet das Zentrum eines aufstrebenden Industriegebietes, in dem es von Zechen und Gruben nur so wimmelt, aber auch an Hüttenwerken, Gold- und Platinwäschereien sowie Amalgamierwerkstätten nicht mangelt.
In diesem Sommer hatte sich die ständig zunehmende Bevölkerung dieser Stadt unverhältnismäßig stark vermehrt. Schuld daran waren aber nicht der Geburtenüberschuß oder die Schaffung neuer Arbeitsplätze gewesen, sondern Feofar-Khan und seine Horden, vor denen Russen und Sibirier die Massenflucht ergriffen hatten. Und noch immer strömten Trecks aus dem Osten in dieser Metropole des Ural zusammen. Flüchtlinge aus den besetzten Landesteilen, hauptsächlich solche aus dem Kirgisenland, das sich vom Irtysch bis zu den Grenzen Turkestans erstreckt, suchten hier Schutz.
Folglich gab es in Jekaterinburg Wagen und Pferde die Menge, und Alcide Jolivet und Harry Blount fiel es deshalb nicht schwer, ihre halbierte Telega, auf der sie mit Gottes und Michael Strogoffs Hilfe dorthin gelangt waren, gegen einen ganzen Tarantaß zu tauschen.
»Meine Herren«, erklärte Michael Strogoff am Morgen des 21. Juli, »es soll mir ein Vergnügen sein, einen Teil meiner Reise in Ihrer Gesellschaft zu machen. Jedoch, ich muß Sie warnen. Meine Schwester und ich sind in Eile. Wir wollen in Omsk unsere Mutter treffen, und es muß uns gelingen, diese Stadt zu erreichen, bevor sie von den Tataren eingenommen

worden ist. Ich werde also reisen Tag und Nacht, und wenn ich sage bei Tag und Nacht, dann meine ich . . .«

»Na prächtig«, rief Blount, »was anderes haben wir auch nicht vor!«

»Wir kommen auf jeden Fall mit«, entschied Jolivet mit einem Blick auf Nadja, die sich jedoch dadurch nicht im mindesten rühren ließ. Auch der Kurier des Zaren verzog keine Miene.

»Also dann, auf geht's!«

Michael und Nadja nahmen in ihrem Gefährt Platz, die beiden Reporter in dem ihrigen, und um 12 Uhr mittags verließen die beiden Gespanne die Stadt Jekaterinburg.

Endlich war Nadja in Sibirien, auf dieser unendlich erscheinenden Straße, die aber doch irgendwie nach Irkutsk führt. Welche Gedanken mochten jetzt die Brust der jungen Livländerin bewegen? Drei flinke Pferde sollten sie quer durch dieses Land der Verbannten ziehen, worin ihr Vater fern der Heimat zu leben verurteilt war. Ihr Blick reichte weit über den Horizont hinaus und suchte das Antlitz des Deportierten. Nichts sah sie von diesem Land, durch das sie nun mit einer Geschwindigkeit von 12 bis 14 km/h raste. Sie erkannte nur die traurigen Augen ihres Vaters, seine Gestalt, seine Hände, seine Nase, seinen Schnurrbart.

Zuweilen aber schweiften Nadjas Gedanken zurück von den fernen Provinzen des Baikalsees und richteten sich auf die Gegenwart. Das Bildnis ihres Vaters verblaßte dann allmählich, und ihr edler Kamerad, der neben ihr saß, trat vor ihre Augen. Nadja besann sich auf die vielen Aufmerksamkeiten, die er ihr erwiesen hatte, auf die herzliche Einfachheit, mit der er sie sogleich als Schwester bezeichnet hatte, auf die Freundschaft, die er ihr entgegengebracht hatte, vor allem in jener Gewitternacht im Uralgebirge, als er ihr Leben unter dem Einsatz des seinigen gerettet hatte.

Und Nadja dankte dem lieben Gott, daß er ihr diesen tapferen Beschützer, diesen noblen, zärtlichen Freund geschenkt hatte. An seiner Seite fühlte sie sich sicher. Ein wirklicher Bruder hätte sie nicht anders behandeln können. Jetzt fürchtete sie kein Hindernis. Jetzt, so glaubte sie, würde sie nach Irkutsk gelangen.

»Vater, bald bin ich bei dir!«

Auch Michael Strogoff sprach wenig und überlegte viel. Die Ruhe und Unerschrockenheit des Mädchens waren so recht nach seinem Geschmack. Nur ungern erinnerte er sich daran, daß er

sich Nadjas angenommen hatte, weil er glaubte, in der Begleitung einer angeblichen Schwester zu reisen, könnte ihm und seinem Auftrag nützen. Mehr und mehr sah er in Nadja seine Gefährtin, und er dankte dem glücklichen Geschick, das ihm außer der Möglichkeit, seine wahre Identität besser zu verbergen, die Gelegenheit gegeben hatte, täglich eine gute Tat zu vollbringen. Er fühlte nicht nur Achtung, sondern auch Zuneigung zu diesem Mädchen. Und war Nadja nicht tatsächlich seine Schwester? Michael Strogoff ahnte, daß unter ihrem Busen eines jener Herzen schlug, auf die man zählen darf.
Doch kamen dem Kurier des Zaren die wirklichen Gefahren erst jetzt entgegen, da er sibirischen Boden betreten hatte. In diesem Lande gab es keine Polizei, die nach Iwan Ogareff suchte. Vielmehr lauerten hier überall die Spione der Tataren. Unter allen Umständen mußte der Kurier des Zaren sein Inkognito wahren, denn war es einmal entdeckt, so konnte es um seine Mission, vielleicht um sein Leben geschehen sein. Ja, über allen Gefühlen stand die Pflicht! Schwer lastete die Verantwortung auf dem jungen Mann.
Bei jeder Poststation stiegen die beiden Zeitungskorrespondenten aus und begaben sich zu Michael Strogoffs Tarantaß. Denn Nadja verließ ihren Wagen so gut wie nie. Nur zum Frühstück oder zum Mittagessen zeigte sie sich an der Tafel. Doch beteiligte sie sich kaum an der meist lebhaften Unterhaltung. Sie hielt sich in jeder Beziehung zurück.
Trotzdem unterließ Jolivet es nicht, der jungen Livländerin Komplimente zu machen, sobald sich eine passende Gelegenheit bot. Er fand die junge Dame nämlich reizend und bewunderte nicht nur die schweigsame Energie, mit der sie den Strapazen dieser Reise begegnete.
»Mademoiselle, Sie sollten nach Paris reisen anstatt nach Omsk. Glauben Sie mir, diese Stadt stünde Ihnen besser zu Gesicht, und zudem wären Sie im Bois auch besser aufgehoben als hier in der Steppe. Ja, ich kann Sie mir auf den Champs-Elysées recht gut vorstellen. Sie erinnern mich, warten Sie, an wen erinnern Sie mich?«
Doch Michael Strogoff hörte solche Reden nicht gern. Soweit es ging, kürzte er deshalb die Aufenthalte auf den Relaisstationen ab, setzte den Jemschiks tüchtig zu, daß sie beim Wechseln der Pferde keine Minute vertrödelten, legte bisweilen sogar selbst mit Hand an, war im Verteilen von Trinkgeldern groß-

zügig, bestellte beim Wirt nur Tellergerichte, ließ oft den Nachtisch stehen, sprang dann auf und rief, gerade wenn Jolivet so richtig im Erzählen war:
»Weiter jetzt! Weiter! Wenn ich sagte bei Tag und Nacht, so meinte ich bei ...«
»Augenblick«, warf dann Jolivet ein, »ich bin ganz Ihrer Meinung, nur lasse ich ungern die Hälfte stehen, und wie ich sehe, hat Mademoiselle Nadja ihr Birnenkompott noch nicht einmal angerührt. Darf ich Ihnen einschenken?«
Ja, Jolivet gab sich Mühe!
Blount dagegen, dieser Blount schien gänzlich unberührt zu sein. Nadja, das war ein Gesprächsthema, das für ihn nicht existierte. Er war eben Gentleman, und außerdem liebte er es nicht, zwei Dinge auf einmal zu tun. Durch Sibirien zu reisen, genügte ihm. Einmal fragte ihn Jolivet:
»Sagen Sie, Verehrtester, wie alt schätzen Sie die Kleine?«
»Welche Kleine?«
»Na, die Schwester von Herrn Korpanoff, wer sonst?«
»Ist sie denn seine Schwester?« fragte Blount im gleichgültigsten Ton.
»Nein, seine Großmutter«, antwortete er verärgert.
Die Landschaft, durch die beide Tarantasse nun fuhren, war mit einem Wort: öde. Dagegen das Wetter schön, heiter bis wolkig bei mäßiger Temperatur und starkem Fahrtwind. Wären die Wagen nur gefedert, besser gesagt: wären die Wagen überhaupt gefedert und wäre die Straße noch dazu asphaltiert gewesen, so hätten die Reisenden keinerlei Anlaß zu Klagen gehabt. Doch wie es auch schüttelte und stieß, Nadja stöhnte nicht. Nur Jolivet machte seinem Kummer von Zeit zu Zeit Luft und rief dann ungeniert:
»Merde, das macht mich noch fertig!«
Tuluguisch, Tjumen an der Tura, Jakutorowsk am Tobol-Fluß, Nowo-Saimsk – am Morgen des 23. Juli waren die beiden Gespanne nur noch 35 km von Ischim am Ischim entfernt. Jekaterinburg lag gut 600 km hinter den Reisenden.
Es mochte gegen 10 Uhr sein, da erblickte Michael Strogoff, als er nach seiner Gewohnheit den Kopf zum Fenster hinausstreckte, um frische Luft zu schnappen, plötzlich einen Wagen, der dem seinigen vorausfuhr, das heißt er erblickte nicht so sehr einen Wagen als vielmehr eine fast am Horizont dahinwandernde Staubwolke. Strogoffs ausgeruhte Pferde näherten

sich ihr rasch. Trotz der großen Entfernung, die zwischen den beiden Gespannen lag, konnte es nicht lange dauern, bis der fremde Wagen eingeholt war.
»Guck mal, Nadja, da ist was!«
Nun hatten auch Blount und Jolivet die Neuigkeit bemerkt, und sie winkten und riefen so laut in ihrem 100 m zurückhängenden Tarantaß, daß der Jemschik Michael Strogoffs aus seinem Halbschlaf erwachte. Er trat auf das Trittbrett:
»Herr Korpanoff, Menschen in Sicht!«
Tatsächlich, dieser aufgewirbelte Staub war seit Nowo-Saimsk die erste Abwechslung in der eintönigen Ebene, wenn man von einem Habicht absehen will, der auf einem der längs des Weges aufmarschierten Telegraphenmasten Posten bezogen hatte und sich auch durch die Ausrufe der Wageninsassen nicht hatte verscheuchen lassen.
»Auf 1000 Telegraphenmasten 0,718 Habichte und 0,718 Staubwolken«, bemerkte Blount in seiner trockenen Art, und Jolivet widersprach ihm nicht, denn der Brite hatte von Jakutorowsk an mitgezählt.
Der vorausfahrende Wagen war weder ein Tarantaß noch eine Telega, sondern, wie Strogoff mit seinen scharfen Augen bald erkannte, eine Berline, die schon eine lange Fahrt hinter sich haben mußte, denn sie war über und über mit Staub bedeckt. Rücksichtslos peitschte der Postillion die Gäule, hielt sie mit Schimpfen und Schlägen im Galopp. Vermutlich kam diese Kutsche nicht von Nowo-Saimsk her, sondern hatte die Irkutsker Straße über irgendeinen Nebenweg erreicht.
Michael Strogoff und seine Kameraden hatten, als sie diesen Wagen in Richtung Ischim fahren sahen, nur einen Gedanken, nämlich ihn zu überholen, um vor ihm die nächste Station zu erreichen und sich der dort verfügbaren Pferde zu versichern. Den Jemschiks wurde ein Wörtchen gesagt, ein gutes Trinkgeld wanderte in ihre Taschen, und bald befanden sich die beiden Tarantasse dicht hinter der Postkutsche.
Michael Strogoffs Tarantaß fuhr zuerst vorbei. In diesem Augenblick wurde ein Gesicht am Fenster der Berline sichtbar. Dem Kurier des Zaren blieb keine Zeit, es zu erkennen. So schnell er aber vorüberjagte, hörte er doch ganz deutlich ein mit herrischer Stimme gerufenes Wort:
»Halt!«
Aber es wurde nicht gehalten. Im Gegenteil! Es dauerte keine

Minute, dann war die Kutsche von beiden Tarantassen überholt.
Nun gab es ein Rennen auf Biegen und Brechen. Denn das Gespann vor der Kutsche, durch das Tempo der vorüberjagenden Rosse angespornt, fand Kräfte genug, um einige Minuten mitzuhalten. Eine dichte Staubwolke verhüllte die drei Wagen. Wie Pistolenschüsse klang das Knallen der Peitschen, vermischt mit anfeuernden Rufen und zornigem Geschrei. Doch Michael Strogoff und seine beiden Kameraden hielten den Vorsprung, einen Vorsprung, der von hoher Bedeutung werden konnte, falls auf der Ersatzstation Mangel an Pferden herrschen sollte. Pferde für zwei Tarantasse zu verschaffen, ging vielleicht über die Möglichkeit des Postmeisters hinaus, zumal er sie zur gleichen Zeit bereithalten sollte.
Nach einer halben Stunde war die überholte Berline nur noch ein Punkt am Steppenhorizont.
Es war 8 Uhr abends, als die beiden Tarantasse die vor der Stadt gelegene Station erreicht hatten. Vom Tatareneinfall erzählte man sich dort schlimme Sachen. Die Stadt war, wie der Postmeister erklärte, von der Vorhut des tatarischen Heeres unmittelbar bedroht. Die staatlichen Behörden hatten bereits vor zwei Tagen ihren Sitz nach Tobolsk verlegt. In Ischim befand sich kein Beamter und kein Soldat des Zaren.
Michael Strogoff forderte auf der Stelle Pferde für sich. Die Postkutsche zu überholen, war eine gute Idee gewesen. Nur drei ausgeruhte Pferde standen im Stall, die anderen waren von langen Fahrten ermüdet. Der Postmeister gab Befehl zum Anschirren. Blount und Jolivet ließen ihren Tarantaß in den Schuppen fahren. Sie wollten in Ischim Station machen.
»Meine Herren«, sagte Michael Strogoff, »jetzt ist der Augenblick der Trennung gekommen.«
»Monsieur Korpanoff, wollen Sie nicht einmal hier ein Stündchen bleiben?«
»Ganz und gar nicht. Bevor die Postkutsche hier eintrifft, möchte ich verschwunden sein.«
»Fürchten Sie etwa, daß man Ihnen die Ersatzpferde streitig machen wird?«
»Vor allem will ich Streit vermeiden.«
»Nun, dann gute Reise, Monsieur Korpanoff«, sagte Alcide Jolivet, »und Gott bewahre Sie davor, jemals mit einer Telega reisen zu müssen. Das ist kein Vergnügen.«

Die beiden Kriegsberichterstatter wollten Michael Strogoff eben die Hand reichen, als draußen ein Wagen vorfuhr. Kurz darauf öffnete sich die Tür des Postgebäudes. Ein Mann stand auf der Schwelle. Es war der Insasse der Berline, ein etwa vierzigjähriger Mann, groß, kräftig, mit mächtigem Schädel, breiten Schultern und dichtem Schnauzbart, dessen Enden über dem rötlichen Backenbart hingen. Er trug eine Uniform ohne Abzeichen. An seinem Gürtel baumelte ein Säbel. In der Hand hielt er eine Peitsche mit kurzem Stiel.

»Pferde!«

»Ich habe keine Pferde mehr«, sagte der Postmeister und verneigte sich.

»Pferde! Und zwar schnell!« befahl der Fremde.

»Das ist nicht möglich.«

»Und was sind das für Pferde, die draußen vor den Tarantaß geschirrt sind?«

»Eigentum dieses Reisenden«, antwortete der Postmeister und zeigte auf Michael Strogoff.

»Dann spanne sie ab!« rief der Fremde, und zwar in einem Ton, der keine Erwiderung zuließ.

Jetzt griff Michael Strogoff ein.

»Sie sind von mir bestellt und bezahlt«, sagte er.

»Spielt keine Rolle! Ich brauche sie. Hoppla, und nicht gemuckst! Na, wird's bald! Ich habe keine Zeit zu verlieren!«

»Ich noch viel weniger«, entgegnete Michael Strogoff, der sich nur noch mühsam beherrschen konnte. Nadja stand neben ihm, ebenfalls äußerlich ruhig, aber dennoch verängstigt durch diese Szene.

»Jetzt ist aber Schluß!« rief der Mensch, »laß die Pferde vor meine Kutsche spannen!«

Nun war der Postmeister in großer Verlegenheit. Wem er gehorchen sollte, das wußte er nicht, und er blickte Michael Strogoff an, dessen Recht es zweifellos gewesen wäre, den unverschämten Forderungen dieses Mannes Widerstand zu leisten. Doch der Kurier des Zaren zögerte. Von seinem Podaroschna wollte er keinen Gebrauch machen. Dadurch hätte er sich leicht verraten können. Seine Reise zu verzögern, indem er auf die Pferde verzichtete, daran konnte ihm noch weniger gelegen sein. Ein Streit aber, durch den seine Mission leicht gefährdet sein konnte, kam erst recht nicht in Frage. Die beiden Journalisten sahen ihn an, bereit, ihm nötigenfalls zu helfen.

»Die Pferde bleiben vor meinem Wagen«, sagte Michael Strogoff, ohne jedoch seinen Worten mehr Nachdruck zu verleihen, als es einem biederen Kaufmann anstand.
Da trat der Fremde auf ihn zu, schlug ihm die Hand auf die Schulter und schrie voller Wut:
»So? Du willst mir deine Pferde nicht geben?«
»Nein.«
»Also gut, dann sollen sie dem gehören, der weiterreisen kann! Zieh blank! Aber erwarte nicht, daß ich dich schone!«
Der Grobian zog seinen Säbel und legte sich aus. Nadja hatte sich vor Michael Strogoff geworfen. Harry Blount und Alcide Jolivet traten auf ihn zu.
»Schlagen werde ich mich nicht!« sprach unser Held, und um sich besser beherrschen zu können, kreuzte er die Arme über der Brust.
»Du willst dich nicht schlagen?«
»Nicht mit jedem!«
»Auch jetzt nicht?« schrie der andere, und ehe ihm jemand in den Arm fallen konnte, hatte er Michael Strogoff mit einem Hieb seiner Peitsche getroffen. Strogoff erblaßte. Seine Hände verkrampften sich, als wollten sie diesen brutalen Kerl zerdrücken. Aber es gelang ihm, ruhig zu bleiben. Ein Duell bedeutete mehr für ihn als Zeitverschwendung, bedeutete womöglich das Scheitern seiner Mission. Da war es besser, ein paar Stunden zu versäumen. Aber diese Beleidigungen ertragen?!
»Wirst du dich nun schlagen, Halunke?«
»Nein«, sagte Strogoff. Er bewegte sich nicht, sah nur seinem Gegner starr in die Augen.
»Die Pferde! und zwar auf der Stelle!« rief dieser, wandte sich ab und verließ eilig den Raum.
Der Postmeister folgte ihm, ohne zu zögern. Er zuckte mit den Achseln und musterte den Kurier des Zaren mit einer Miene, in der sich Verachtung und Verwunderung mischte. Auch die beiden Journalisten waren erstaunt. Enttäuschung malte sich auf ihren Gesichtern. So ein kräftiger Bursche – und ließ sich mit der Knute schlagen, ohne Genugtuung zu fordern. Die beiden begnügten sich mit einer Verbeugung und zogen sich zurück, wobei Alcide Jolivet zu Harry Blount sagte:
»Das ist mir unbegreiflich. Hätten Sie das von einem Manne geglaubt, der Uralbären mit einem Streich erledigt? Wie soll

man das verstehen? Tja, wir Franzosen waren eben niemals Leibeigene.«
»Well roared, lion!«
Kurz darauf hörte man Peitschengeknall. Die Kutsche fuhr ab. Nadja, außerstande, sich zu fassen, und Michael Strogoff, der am ganzen Leibe zitterte, blieben allein im Wartesaal des Postgebäudes zurück. Noch immer hielt der Kurier des Zaren die Arme vor der Brust verschränkt, aber er hatte sich gesetzt. Alle Blässe war aus seinem Gesicht verschwunden, es war von einer Röte überflogen, die weniger von der Scham als vom Zorn herzurühren schien.
Nicht eine Sekunde zweifelte Nadja daran, daß ungewöhnliche Gründe diesen Mann bewegt hatten, eine solche Demütigung zu ertragen.
»Deine Hand, Bruder«, sagte sie, und mit einer Gebärde von fast mütterlicher Zärtlichkeit wischte sie eine Träne von seiner Wange.

10

Nadja hatte erraten, daß Michael Strogoff ein Geheimnis mit sich trug. Ein ihr unbekannter Grund mußte ihn veranlaßt haben, sich der Pflicht in heroischer Weise zu opfern. Hätte er sonst die tödliche Beleidigung über sich ergehen lassen können?
Doch Nadja fragte nicht. Sie verlangte keine Erklärung. Und antwortete nicht die Hand, die sie ihm reichte, schon auf alles, was er ihr hätte sagen können?
Der Postmeister konnte frische Pferde erst am nächsten Morgen stellen. Ein Vorteil ergab sich daraus: Nadja hatte einige Stunden Ruhe. Man richtete ein Zimmer für sie her.
Vermutlich wäre das Mädchen lieber in der Gesellschaft Strogoffs geblieben, doch fühlte es auch das Bedürfnis, einmal allein zu sein. Als Nadja sich zurückziehen wollte, konnte sie nicht umhin, ihrem Begleiter zärtlich eine gute Nacht zu wünschen.
»Bruderherz . . .«, flüsterte sie.
Doch Michael Strogoff wehrte ab. Da entrang sich ein Seufzer der Brust des jungen Mädchens. Rasch wandte sie sich ab und verließ den Wartesaal.

Der Kurier des Zaren fand in dieser Nacht keine Ruhe. Nicht einmal eine Stunde hätte er schlafen können. Wo ihn der Peitschenhieb getroffen hatte, brannte es wie Feuer. Doch war es nicht körperlicher Schmerz, der Michael Strogoff quälte.
»Für Mütterchen Rußland und Väterchen Zar!« murmelte er, als er sein Abendgebet beendet hatte.
Wer aber war der Mann, der ihn geschlagen hatte? Woher kam er? Wohin fuhr er? Strogoff ließ den Postmeister zu sich bitten. Der, ein Sibirier von altem Schrot und Korn, hatte es nicht sehr eilig.
»Du bist gebürtiger Sibirier?« fragte Michael Strogoff.
»Allerdings.«
»Kennst du den Kerl, der meine Pferde genommen hat?«
»Nein.«
»Hast du ihn je gesehen?«
»Nie.«
»Für wen hältst du ihn?«
»Jedenfalls weiß er sich Gehorsam zu verschaffen. In meinen Augen ist er ein Herr.«
»Du erlaubst dir, mich zu richten?!« rief Michael Strogoff und ballte die Fäuste. Er legte dem Postmeister seine beiden Pranken auf die Schultern. Michael Strogoff blieb eiskalt, als er sagte:
»Hau ab! Ich könnte dich erschlagen!«
Der Postmeister hatte verstanden.
»So gefällst du mir schon besser«, flüsterte er und entfernte sich unverzüglich.
Am 24. Juli, um 8 Uhr früh, wurden drei kräftige Pferde vor den Tarantaß gespannt. Michael und Nadja nahmen Platz. Ischim, von dem beide eine so wenig angenehme Erinnerung mitnahmen, war bald hinter einer Wegbiegung verschwunden. Auf den verschiedenen Stationen, die Michael Strogoff an diesem Tage passierte, konnte er in Erfahrung bringen, daß ihm die Postkutsche auf der Irkutsker Straße immer vorausfuhr. Der Pferdedieb schien es ebenso eilig zu haben wie er.
Um 4 Uhr nachmittags, 80 km weiter, kurz nach Abatskaja, mußte der Ischim, einer der Nebenflüsse des Irtysch, überquert werden. Während des sibirischen Winters sind alle Gewässer der Steppe, da sie gefroren sind, kein Hindernis, und der Reisende geht bisweilen über sie hinüber, ohne es zu bemerken, denn sie werden von dem weißen Schneetuch überdeckt, das

»So gefällst du mir!« flüsterte der Postmeister, ein Sibirier von altem Schrot und Korn.

ganz Sibirien einhüllt. Aber in der Sommerzeit ist der Übergang oft mit Gefahren verbunden. Tatsächlich gingen 2 h bei der Überquerung des Ischim verloren, und dieser Zeitverlust brachte Michael Strogoff um so mehr in Wut, als die Floßschiffer Beunruhigendes über den Tatareneinfall erzählten:

Aufklärungstruppen Feofar-Khans trieben sich bereits in den südlichen Bezirken des Gouvernements Tobolsk herum. Man hatte sie an den unteren Ufern des Ischim gesehen. Omsk war bedroht. Es wurde von einem Zusammenstoß zwischen den sibirischen Truppen und den Tatarenhorden gesprochen, der am Rande der Kirgisensteppe stattgefunden hatte. Die Russen, in der Minderheit, waren unterlegen. Infolgedessen hatten die sibirischen Truppen die Front begradigen müssen. Ihr Rückmarsch hatte eine allgemeine Flucht der Siedler aus der Provinz zur Folge gehabt. Denn man sprach von allerlei Scheußlichkeiten: Plünderung, Diebstahl, Vergewaltigung, Brandschatzung, Mord und Totschlag. Das waren die Begleiterscheinungen tatarischer Kriegsführung.

Angesichts dieser Entvölkerung befürchtete Michael Strogoff, daß es ihm an Pferden auf seinem weiteren Wege würde fehlen können. Darum trieb es ihn mit größter Eile nach Omsk. Da die tatarischen Truppen den Irtysch hinunterzogen, hoffte er, von dort aus einen Vorsprung zu gewinnen und den Weg bis Irkutsk frei zu finden.

Wo der Tarantaß den Ischim passiert hatte, endet die von den Militärs als Ischimkette bezeichnete Verteidigungslinie. Sie wird von hölzernen Türmen und kleinen Forts gebildet, und sie reicht von der Südgrenze Sibiriens über eine Strecke von 400 km. Ehedem waren diese Forts von Kosakenabteilungen besetzt, aber seit die Regierung in Moskau Kirgisen und Tataren unterjocht zu haben glaubte, hatte man diese Stützpunkte aufgegeben. Jetzt konnten sie nicht mehr benutzt werden, obgleich sie gerade jetzt hätten nützlich sein können. Die meisten dieser Forts waren in Flammen aufgegangen. Rauchwolken, die den südlichen Himmel schwärzten, gaben Kunde von der tatarischen Vorhut.

Sobald die Fähre den Tarantaß und sein Gespann auf das rechte Ufer des Ischim gebracht hatte, wurde die Fahrt durch die Steppe mit größtmöglicher Geschwindigkeit fortgesetzt. Am Abend trübte sich der Himmel. Ab und zu regnete es.

Doch das war kein Nachteil, denn die Wege waren nun weniger staubig und besser befahrbar.
Seit Ischim hatte Michael Strogoff geschwiegen. Aber nach wie vor bemühte er sich, Nadja die Strapazen dieser Jagd zu erleichtern. Doch Nadja klagte nicht. Am liebsten hätte sie dem Tarantaß Flügel verliehen. Sie wußte ja, daß ihr Kamerad von noch größerer Eile angetrieben wurde. Sie wußte auch, daß in Omsk Michael Strogoffs Mutter wohnte, und erklärte sich seine Ungeduld mit seiner Sehnsucht, in ihre Nähe zu gelangen.
»Hast du seit Beginn der Invasion keine Nachricht von deiner Mutter erhalten?«
»Keine, Nadja! Der letzte Brief meiner Mutter ist acht Wochen alt. Marfa ist eine energische Frau, eine tapfere, mutige Sibirierin. Wenn sie auch alt ist, so wird sie sich doch zu helfen wissen. Meine Mutter hat leiden gelernt.«
»Ich muß sie sehen, Bruder! Da du mich Schwester nennst, bin ich die Tochter von Frau Marfa.«
Und als Michael Strogoff darauf keine Antwort gab, fuhr sie fort:
»Vielleicht hat deine Mutter Omsk bereits verlassen?«
»Das ist möglich, Nadja. Ich hoffe, sie ist in Tobolsk. Die alte Marfa haßt die Tataren. Sie kennt die Steppe. Sie fürchtet sich nicht, und ich wünschte, sie hätte ihren Wanderstab ergriffen. Es gibt keinen Flecken in der Provinz, den sie nicht kennt. Wie oft ist sie mit dem greisen Vater durch das Land gezogen! Wie oft bin ich selbst mit meinen Eltern durch die sibirische Wildnis gewandert. Ja, Nadja, ich hoffe, daß meine Mutter Omsk verlassen hat!«
»Und wirst du sie suchen?«
»Auf der Rückfahrt.«
»Hör mal, wenn deine Mutter in Omsk ist, kannst du nicht eine Stunde opfern, sie zu umarmen . . .?!«
»Keine Minute!«
»Du willst sie nicht besuchen?«
»Nein, Nadja«, antwortete der Kurier des Zaren.
»Aber warum nicht? Ach, Bruder! Wie kannst du auf ein Wiedersehen verzichten?!«
»Warum, warum . . .!« rief Michael Strogoff aus, und seine Stimme war so verändert, daß Nadja heftig erschrak. »Schwester, frage mich nicht mehr, denn ich bin zum Schweigen verurteilt!«

»Beruhige dich, Bruder! Ich fühle es: unbekannte Mächte lenken deine Schritte. Du hast eine heiligere Pflicht zu erfüllen als jene, die den Sohn an seine Mutter bindet.«
»So ist es!«
Am anderen Tage, es war der 25. Juli, langte der Tarantaß in Tjukalinsk an. Rasch wurden dort die Pferde gewechselt. Aber zum erstenmal gab es ernstliche Schwierigkeiten mit dem Jemschik. Er wollte nicht fahren, weigerte sich entschieden, den Kutschbock zu besteigen. Tatarische Banden, so behauptete er, suchten die Steppe nach Reisenden ab. Pferde und Wagen seien solchen Räubern nur eine willkommene Beute, Menschen nicht.
»Die werden abgemurkst«, erklärte der Jemschik.
Über derartigen Starrsinn konnten gute Worte den Sieg nicht davontragen. Es war ein Glück, daß Michael Strogoff über genügend Geld verfügte, denn auch in diesem Falle mochte er von seinem Podaroschna keinen Gebrauch machen.
»Wieviel willst du haben?«
»Nun ja«, sagte der Jemschik und kratzte sich am Kopf. Schwer zu entscheiden, ob er eine Komödie spielte und auf die Ungeduld der Reisenden spekulierte oder wirklich einen Grund zur Furcht hatte.
»Was ist ein Leben wert?« fragte er.
Michael Strogoff ließ sich auf kein langes Palaver ein, sondern zählte so viele Münzen auf die Hand, die sich ihm entgegenstreckte, daß dem Jemschik keine Wahl blieb.
Und schon am frühen Nachmittag hatte der Tarantaß das 100 km entfernte Kulatsinskoja erreicht. Eine Stunde später gelangte man an das westliche Ufer des Irtysch. Omsk war jetzt nur noch 25 km entfernt. Zuvor aber mußte der Irtysch überquert werden.
Dieser gewaltige Strom ist eine der Hauptadern Sibiriens. Im Altai-Gebirge entsprungen, ergießt er seine Wassermassen, nachdem er eine Strecke von annähernd 3500 km durchflossen hat, in den Ob, und gerade im Sommer, wenn alle Flüsse Sibiriens mächtig anschwellen, ist sein Wasserstand besonders hoch, die Strömung reißend und die Passage infolgedessen schwierig. Auch nicht der beste Schwimmer könnte den Irtysch bezwingen. Ja, sogar die Überquerung mit der Fähre ist nicht ungefährlich. Untiefen, Strudel, Bäume und anderes Treibgut, welches der reißende Strom mit sich führt, machen die Fahrt von einem zum anderen Ufer zu einem Abenteuer.

Aber diese Gefahren konnten Michael und Nadja natürlich nicht aufhalten. Sie waren entschlossen, allen Widrigkeiten zu trotzen. Immerhin schlug Strogoff vor, zunächst allein mit Pferden und Wagen über den Fluß zu setzen. Er befürchtete nämlich mit Recht, daß die schwere Belastung die Manövrierfähigkeit der Fähre erheblich mindern könnte und somit eine weitere Gefahrenquelle darstellte. Er versprach, zurückzukehren und seine Gefährtin abzuholen. Nadja wollte davon nichts wissen. Eine ganze Stunde wäre dabei verlorengegangen, und ihre persönliche Sicherheit durfte einen solchen Zeitverlust nicht verschulden.
Bereits das Beladen des Floßes war ein Wagnis. Denn da der Irtysch über seine Ufer getreten war, fand die Fähre keinen Landeplatz. Menschen, Tiere und der Wagen mußten ein gutes Stück in knietiefem Wasser zurücklegen. Doch nach einer halben Stunde voller Anstrengungen und Mühen war die Reisegesellschaft glücklich untergebracht, die Fähre bereit, über den Strom zu setzen.
Während der ersten Minuten ging alles glatt. Die Strömung des Flusses wurde an dieser Stelle von mehreren Sandbänken und einer Schleife flußabwärts gestaut. Die beiden Fährleute arbeiteten mit bewunderungswürdigem Geschick. Doch bald reichten die Stangen, mit denen sie sich abstießen, nur noch wenige Zentimeter über die Wasserfläche, wodurch die Arbeit der Flößer nicht gerade erleichtert wurde. Michael und Nadja, stets auf neue Mißhelligkeiten gefaßt, saßen hinten auf der Fähre und beobachteten die Flößer nicht ohne Unruhe.
»Achtung!« rief einer der Männer.
Denn plötzlich war das Floß in die Hauptströmung geraten und trieb nun mit rasender Geschwindigkeit stromabwärts. Jetzt galt es, die Kreiselbewegung des schwankenden Gefährts zu stoppen und durch geschicktes Hantieren mit den Bootshaken die Fähre wieder so zu drehen, daß sie schräg gegen den Strom stand. Dadurch, daß sie die Stangen in dafür vorgesehene Kerben unter dem Dollbord hielten, gelang es den Männern, das Floß in die gewünschte Lage zu bringen, in der es von der Strömung allmählich zum östlichen Ufer gedrückt werden mußte. Freilich war damit zu rechnen, daß das Floß fünf oder sechs Kilometer von der Anlegestelle entfernt landen würde. Aber dieses Handikap nahm man gern in Kauf, wenn Menschen und Tiere nur unversehrt hinüberkämen.

Die Fährleute, beides kräftige Burschen und außerdem durch eine versprochene Belohnung angespornt, meinten mit ein wenig Glück die gefährliche Fahrt meistern zu können. Aber niemand konnte jenen Zwischenfall voraussehen, den weder die Geschicklichkeit noch der Mut der beiden Männer zu verhindern vermochten. Das Floß befand sich in der Mitte des Stromes, als Michael Strogoff sich unvermittelt erhob und aufmerksam gen Süden blickte. Was er sah, waren mehrere Boote, die von der Strömung mit großer Geschwindigkeit näher getrieben wurden und deren Schnelligkeit noch vergrößert wurde durch die Ruder, mit denen diese Kähne ausgerüstet waren. Das Gesicht Michael Strogoffs verzerrte sich. Ein angstvoller Schrei entrang sich ihm.

»Was ist dir?« fragte Nadja.

Doch ehe noch Michael Strogoff sich erklären konnte, hatte schon einer der Flößer die Antwort gegeben:

»Tataren! Tataren!«

In der Tat, diese Boote waren mit Soldaten besetzt, wie sich jetzt deutlich ausmachen ließ. Da sie direkt auf die Fähre zusteuerten, bestand kein Zweifel daran, was deren Besatzung blühen würde. Flußpiraten! Und binnen kurzem mußten sie das Floß erreicht haben, das zu schwer beladen war, um zu fliehen.

Die beiden Fährleute wollten es gar nicht erst versuchen. Sie stimmten ein verzweifeltes Geheul an, warfen ihre Bootshaken fort und rangen die Hände.

»Mut, Freunde! Ihr tragt mich und mein Glück! 50 Rubel biete ich, wenn wir das rechte Ufer erreichen, bevor die Tataren unser Floß geentert haben!«

Durch diese Worte angefeuert, begannen die Flößer erneut ihre Arbeit, mußten aber bald einsehen, daß ein Zusammentreffen mit den Tataren nicht mehr zu verhüten war. Es blieb nur eine Hoffnung: daß die Feinde vorüberfuhren, ohne anzugreifen. Aber das war kaum anzunehmen. Im Gegenteil! Diesen Banditen war alles zuzutrauen.

»Fürchte dich nicht, Nadja!«

»Ich bin gefaßt.«

»Wirf dich in den Fluß, wenn ich es befehle.«

»Ich werde tun, was du mir sagst.«

Die Kähne der Tataren waren jetzt noch 100 m entfernt. Es handelte sich um eine Abteilung bucharischer Soldaten, Kundschafter, die eine Fahrt nach Omsk unternahmen. Die Fährleute verdoppelten ihre Anstrengungen. Michael Strogoff kam ihnen zu Hilfe. Er ergriff selbst einen Bootshaken und arbeitete mit übermenschlicher Kraft. Den Tarantaß an Land bringen und im Galopp davonjagen! Nur so war den Tataren zu entkommen. Zwei Längen trennten das Floß vom Ufer. Doch alle Mühe war vergeblich.

»Saryn na kitschu!«

Michael Strogoff erkannte den Kriegsruf der Tataren, auf den es nur eine Antwort gab: man mußte sich platt auf den Boden werfen. Da weder der Kurier des Zaren noch die Fährleute dieser Aufforderung nachkamen, krachte augenblicklich eine Salve. Zwei Pferde waren tödlich getroffen. Es gab einen Stoß. Zwei Boote hatten sich längsseits gelegt. Das Floß war geentert.

»Nadja, komm!« rief Michael Strogoff, bereit, sich in die Fluten zu stürzen.

Das Mädchen wollte ihm folgen, als Michael, von einem Lanzenstoß getroffen, ins Wasser fiel. Die Strömung führte ihn fort. Einen Augenblick lang sah man noch seine Hand über dem Wasser winken. Dann war der Hauptmann im Kurierkorps des Zaren völlig verschwunden. Nadja stieß einen Schrei aus. Ehe sie aber Zeit hatte, ins Wasser zu springen, wurde sie von kräftigen Fäusten gepackt, in die Höhe gehoben und in eines der Boote gestoßen. Wenig später waren die Fährleute von Lanzenstichen durchbohrt und getötet. Steuerlos trieb das Floß, während die Tataren weiter den Irtysch stromab fuhren.

11

Omsk ist zwar die amtliche Hauptstadt Westsibiriens, nicht aber die größte Stadt dieses Gouvernements. Tomsk hat mehr Einwohner, jedoch in Omsk residiert der Generalgouverneur dieser ersten Hälfte des asiatischen Rußland.

Eigentlich besteht Omsk aus zwei verschiedenen Städten. Die eine wird von Beamten bewohnt, die andere von Kaufleuten. Im ganzen zählt die Stadt 12 000 bis 13 000 Seelen. Ein von Bastionen flankierter Wall schützt sie, jedoch nur unvollkommen, denn er besteht aus Erde. Die Tataren, darüber wohlinformiert, hatten versucht, die Stadt im Sturm zu nehmen. Das war ihnen auch nach einer Belagerung von wenigen Tagen gelungen, obwohl die 2000 Mann starke Besatzung erbitterten Widerstand geleistet hatte. Von den Truppen des Khan geschlagen, hatte sie sich in die obere Stadt zurückziehen müssen. Hier hatten sich der Generalgouverneur, seine Offiziere und Soldaten verschanzt, Häuser und Kirchen mit Schießscharten versehen, Straßensperren errichtet, Laufgräben ausgehoben und so aus dem noch freien Viertel von Omsk eine Art Zitadelle gemacht.

Diesen improvisierten Kreml hielten sie bis jetzt ganz gut, konnten aber nicht auf rechtzeitige Unterstützung hoffen. Die Truppen der Tataren dagegen erhielten täglich neue Verstärkungen und wurden – ein noch schwerwiegenderer Umstand – von einem Offizier kommandiert, der sein Land verraten hatte und deshalb die Lage der Verteidiger bestens einschätzen konnte.

Dieser Desperado war der ehemalige Oberst der zaristischen Armee Iwan Ogareff. Obwohl gedienter und geschulter Militär, unterschied sich Iwan Ogareff nur wenig von den Tatarenhäuptlingen, die er aufgewiegelt hatte, denn in seinen Adern floß mongolisches Blut. Seine Mutter war asiatischer Herkunft. Der Sohn hatte von ihr den typischen Charakter des Tataren geerbt. Er liebte die List, war von Natur aus hinterhältig, falsch und betrügerisch, schreckte vor keiner Untat zurück, war ein Meister der Verstellungskunst, bediente sich schamlos der Lüge und, mit einem Hang zur Grausamkeit ausgestattet, fand er seine Lust darin, selbst den Henker zu spielen. Wahrlich, Feofar-Khan besaß einen Kumpanen, würdig genug, ihn in diesem Feldzug zu unterstützen.

Als Michael Strogoff das Ufer des Irtysch glücklich erlangt hatte, war Iwan Ogareff bereits der Herr von Omsk, und er war um so entschlossener, auch den Widerstand der letzten Verteidiger zu brechen, da er bereits in Tomsk erwartet wurde, wo sich das Gros der tatarischen Armee zusammengezogen hatte.

Tomsk war schon vor einigen Tagen dem Ansturm Feofar-Khans erlegen. Von dort aus wollten die Invasoren den Vorstoß auf Irkutsk wagen, das eigentliche Ziel Iwan Ogareffs. Der Verräter plante, sich unter falschem Namen dem Großfürsten anzuschließen, sein Vertrauen zu erschleichen, um schließlich die Residenzstadt und den Großfürsten selbst den Tataren auszuliefern. Hatten die Tataren erst einmal Irkutsk und eine solche Geisel in ihrer Gewalt, dann mußte ganz Sibirien fallen.

Der Stoß, den Michael Strogoff erhalten hatte, war nicht tödlich. Schwimmend, ohne bemerkt zu werden, hatte er das östliche Ufer erreicht. Dort war er bewußtlos zusammengebrochen.

Als er die Augen aufschlug, erblickte er ein bärtiges Gesicht, das sich über ihn neigte. Er wollte fragen, wo er sich befände, aber der Muschik kam ihm zuvor und sagte:

»Sprich nicht, Väterchen, sprich nicht! Du bist noch sehr schwach. Ich will dir sagen, wo du bist, was sich zugetragen hat, bevor ich dich in meine Hütte brachte und danach.«

Und der Muschik erzählte von dem Kampf, dessen Zeuge er gewesen war, der Angriff der Tataren, die Plünderung des Tarantaß, die Ermordung der Fährleute, der Tod des Jemschik ...

Michael Strogoff hörte nicht zu. Mit der Rechten tastete er sich unter sein Hemd und atmete auf: noch immer lag der kaiserliche Brief an seinem Herzen.

»Ein junges Mädchen«, hauchte er, »sie war bei mir ...«

»Sie lebt«, antwortete der Muschik, »sie haben sie in ihrem Boot entführt, sind den Irtysch hinabgefahren. Man wird sie wohl wie die anderen Gefangenen nach Irkutsk verfrachten.«

Michael Strogoff verschlug es die Sprache. Sein Herz klopfte. Es schwindelte ihm. Dämmerung wollte sich über seine Augen senken. Noch aber lebte sein Pflichtgefühl.

»Wo bin ich?«

»Am rechten Ufer des Irtysch, eine Stunde von Omsk entfernt.«

»Wie geht es mir? Wie lange liege ich hier? Und warum? War es ein Flintenschuß? Wo hat's mich erwischt?«

»Ein Lanzenstoß am Kopfe, ist schon verheilt. In ein paar Tagen wirst du weiterreisen können. Väterchen, du bist in den Fluß gefallen, hast im Wasser gelegen, aber die Tataren haben dich nicht geschnappt. Bist nicht geplündert worden, hast keine Kopeke verloren, hast Glück gehabt.«

»Kannst du mir ein Pferd verkaufen?«

»Ich habe weder Pferd noch Wagen, mein Lieber. Wo die Tataren hausen, bleibt nichts übrig!«

»Dann gehe ich zu Fuß nach Omsk und suche mir dort ein Pferd.«

»Ruhe dich aus! Du mußt erst zu Kräften kommen. Immerhin hast du drei Tage bewußtlos gelegen.«
»Das war lange genug!«
»Also gut«, sagte der Muschik, denn er sah ein, daß gegen den Willen seines Gastes nichts auszurichten war, »ich werde dich führen. Übrigens sind noch Russen in Omsk. Vielleicht kommst du unbemerkt in die Stadt.«
»Frisch gewagt!« rief Michael Strogoff.
Und er kletterte aus dem Bett, kleidete sich mit Hilfe des Muschiks an und verließ die Hütte. Doch schon nach den ersten Schritten überfiel ihn ein furchtbares Schwindelgefühl, alles drehte sich, das Tageslicht erlosch, der Himmel war voller Wildenten, Tataren saßen auf den Bäumen, Lanzenstiche, Flintenschüsse, Glockenläuten. Michael Strogoff taumelte, und er wäre gestürzt, hätte der Muschik ihn nicht gestützt.
Es war die frische Luft, die den Genesenden bald stärkte. Jetzt schmerzte ihn seine Verletzung, die wohl schlimmer ausgefallen wäre, hätte die Pelzmütze den Lanzenstoß nicht abgeschwächt. Aber der Kurier des Zaren war nicht der Mann, sich von solchen Kleinigkeiten beirren zu lassen. Er sah nur ein Ziel: das ferne Irkutsk! Nicht zaudern, nicht bangen! Erst einmal nach Omsk!
»Mutter, Nadja!« murmelte unser Held. »Gott schütze euch!«
Wenig später langten Michael Strogoff und der Muschik in der unteren Stadt, dem Kaufmannsviertel, an, und obwohl es von den Tataren besetzt war, kamen sie ohne Schwierigkeiten hinein. Der Erdwall nämlich war an vielen Stellen eingerissen, und daher gab es genügend Breschen, durch welche Plünderer ein und aus gingen, die den Heeren Feofar-Khans wie Ratten folgten.
In den Straßen von Omsk wimmelte es von tatarischen Soldaten, die sich jedoch — entgegen dem Ruf, der ihnen vorauseilte — ganz ordentlich benahmen, wenn auch zu bemerken war, daß sie an die ihnen auferlegte Disziplin nicht gewöhnt waren. Die Tataren gingen nie vereinzelt, sondern stets in Gruppen, so daß sie sich gegen jeden Angriff sofort verteidigen konnten.
Der große Platz von Omsk hatte sich in ein Lager verwandelt. Von zahlreichen Posten bewacht, biwakierten dort 2000 Tataren. Ihre Pferde hatten sie angebunden, jedoch nicht abgesattelt. Es schien, als stünde ein Aufbruch bevor. Omsk konnte für

die tatarische Kavallerie nur eine Etappe sein. Im Süden lockten die reichen Ebenen Sibiriens mit ihren fruchtbaren Feldern, ihren wohlhabenden Städten und Dörfern. Dort würde die Plünderung sich lohnen.
Hoch über Omsk wehte noch immer die Fahne des Zaren. Trotz seiner mit verbissener Wut vorgetragenen Angriffe, trotz zahlenmäßiger Übermacht der Tataren hatte Iwan Ogareff das obere Viertel noch nicht bezwungen. Zu groß waren Tapferkeit und Einsatzbereitschaft der Verteidiger. Voller Stolz und Freude erkannten Michael Strogoff und sein Begleiter die russischen Nationalfarben, grüßten sie das Banner des Landes.
»Gott segne den Zaren!«
Der Muschik kannte in Omsk einen Postmeister, der gegen gutes Geld sich nicht weigern würde, Wagen und Pferde zu verleihen oder zu verkaufen. Einen Haken hatte die Angelegenheit allerdings: Würde Michael Strogoff die Stadt wieder unbemerkt verlassen können? Die in den Wall geschlagenen Breschen mußten einen Ausweg bieten. Also führte der Alte seinen Gast geradewegs zur Poststation, und beide durchschritten eben ein schmales Gäßchen, als Michael Strogoff plötzlich innehielt und sich dann mit einem raschen Sprung hinter einer Mauer verbarg.
»Was ist los?« fragte der Muschik erstaunt.
»Pssst!«
Im selben Augenblick hörte auch er das Klappern von Hufen. Eine Abteilung berittener Tataren kam in Sicht, und an der Spitze dieses aus etwa 20 Reitern bestehenden Kommandos ritt ein Offizier in einfacher Uniform. Michael Strogoff konnte er nicht gesehen haben, denn weder er noch seine Soldaten kümmerten sich um die Passanten, denen gerade noch Zeit blieb, sich vor dem heransprengenden Trupp in Sicherheit zu bringen. Angstschreie und Klagelaute der von den Hufen der Pferde oder den Lanzen der Soldaten Getroffenen ertönten. Im Nu war die Straße entvölkert. Als die Eskorte verschwunden war, wandte sich Michael Strogoff an den Muschik.
»Wer ist dieser Offizier?«
»Das ist Iwan Ogareff!«
»Er!« rief Michael Strogoff aus, und unbezähmbarer Haß verzerrte seine Züge. Er hatte in dem Reiter jenen Mann wiedererkannt, der ihn in Ischim geschlagen hatte. Und der alte Zigeuner auf dem Markt von Nischnij-Nowgorod, dem er auf

der *Kaukasus* erneut begegnet war? Derselbe Mann? Dasselbe Gesicht? Michael Strogoff dämmerte es. Der Groschen fiel. Ein Licht ging ihm auf.
Der Muschik und Michael Strogoff setzten ihren Weg fort. Sie gelangten zur Poststation. Omsk durch eine der Lücken in den Befestigungsanlagen zu verlassen, konnte nach Anbruch der Dunkelheit nicht mißlingen. Mit einem Wagen allerdings wäre ein solches Unternehmen fehlgeschlagen. Aber wozu brauchte Michael Strogoff jetzt einen Wagen? Er mußte allein reisen. Ein Pferd genügte.
Der Postmeister hatte ein kräftiges Tier bei der Hand, verlangte aber einen hohen Preis, als er bemerkte, daß sein Kunde zahlungsfähig und zudem in Eile war, und er hatte Grund, zufrieden zu sein. Michael Strogoff feilschte nicht.
Es war jetzt vier Uhr nachmittags. Doch erst mußte die Nacht abgewartet werden. Michael Strogoff, der sich nun nicht mehr in den Straßen von Omsk blicken lassen wollte, blieb im Posthause, nahm einen Imbiß ein und lauschte im übrigen mit Interesse den Gesprächen, die in dem überfüllten Wartesaal geführt wurden. Jeder hatte etwas mitzuteilen, alle wurden gehört. Der Ausgangspunkt aller Gerüchte und Spekulationen war die angeblich bevorstehende Ankunft russischer Truppen.
»In Tomsk!« rief die Mehrheit.
»In Omsk«, meinten andere, und schon gab es Streit. Michael Strogoff mischte sich nicht ein. Nachdenklich saß der Kurier des Zaren, den Kopf in beide Hände gestützt. Dachte er an Iwan Ogareff? An Nadja? An seine Mutter, die zu sehen ihm nicht vergönnt war?
Plötzlich ließ ihn ein Schrei erzittern und auffahren, ein Schrei, der ihm tief ins Herz drang, der ihn so unerwartet traf, daß er fast seine Selbstbeherrschung verloren hätte.
»Mein Sohn!«
Seine Mutter, die alte Marfa, stand vor ihm. Vor Freude bebend, lächelte sie ihn an und streckte ihm ihre Arme entgegen. Michael Strogoff brach der Angstschweiß aus. Augenblicklich wollte er zur Tür hinausstürzen. Die ernste Gefahr, die aus diesem unglückseligen Zusammentreffen für seine Mutter und ihn entstehen konnte, der Gedanke an seine Pflicht und seine Kaltblütigkeit geboten ihm jedoch Halt. Nur mühsam gewann er die Herrschaft über sich. Kein Muskel in seinem Gesicht verzog sich.

Etwa zwanzig Menschen waren in dem Wartesaal, darunter mit Sicherheit Spione, und schließlich war es in der ganzen Stadt bekannt, daß Marfa Strogoffs einziger Sohn im Kurierkorps des Zaren diente. Ernster konnte die Lage gar nicht mehr werden!

Strogoff rührte sich nicht.

»Michael, mein Michael!«

»Wer sind Sie, liebe Frau?« brachte Michael Strogoff heraus.

»Du fragst, wer ich bin? Mein Kind! Geliebter Sohn! Kennst du deine Mutter nicht mehr?«

»Irrtum«, sagte Michael Strogoff eiskalt.

»Du bist nicht der Sohn von Peter und Marfa Strogoff?«

»Sie verwechseln mich mit ihm!«

»Mit wem?«

Michael Strogoff hätte sein Leben darum gegeben, seine Mutter zu umarmen. Wenn er aber dem Ansturm der Gefühle nachgab, war es um ihn geschehen, um seinen Auftrag, seinen Eid, den Bruder des Zaren, seine Mutter – um alles! Er schloß die Augen, um nicht länger die Angst in dem lieben Antlitz sehen zu müssen.

»Michael!« versuchte es die alte Frau noch einmal.

»Ich heiße nicht Michael! Bin niemals Ihr Sohn gewesen! Mein Name ist Nikolas Korpanoff, Kaufmann aus Irkutsk!«

Und mit diesen Worten schritt unser Held schnurstracks zur Tür hinaus, während hinter ihm zum letztenmal die Worte ertönten:

»Michael! Mein Sohn!«

Der Kurier des Zaren war am Ende seiner Kräfte. Glücklicherweise brauchte er nicht mehr mit anzusehen, wie seine Mutter bewußtlos zusammenbrach. Doch als der Postmeister eben hinzueilen wollte, da erhob sie sich schon wieder. Ein Gedanke war ihr gekommen: Es war ihr Sohn gewesen, den sie soeben gesehen hatte, und wenn er sie nicht erkannt hatte, so hatte er sie nicht erkennen wollen!

Aber welche Gründe mochte er dafür gehabt haben?

»Sollte ich ihn ins Verderben gebracht haben, ohne es zu wollen?« Alles Muttergefühl, alle Liebe erwachten wieder in der alten Marfa, und sie dachte nach.

»Ich bin nicht bei Trost!« sagte sie zu denen, die sie nun umringten und Fragen stellten. »Meine Augen sind nicht mehr die besten! Der junge Mann war nicht mein Kind. Er hatte nicht Michaels Stimme! Schon gut, schon gut. Gebt Ruhe, Leute!«

Zehn Minuten später erschien ein tatarischer Offizier im Wartesaal des Postgebäudes.

»Marfa Strogoff?« fragte er.

»Das bin ich«, antwortete die alte Frau so gefaßt, daß die Zeugen des eben geschilderten Vorfalls sie nicht wiedererkannten.

»Mitkommen!«

Festen Schrittes folgte die greise Marfa dem Offizier, der sie zu dem Biwak auf dem Hauptplatz führte, wo Iwan Ogareff schon wartete, dem der Zwischenfall im Posthaus in allen Einzelheiten berichtet worden war. Ogareff ahnte die Wahrheit und übernahm selbst das Verhör.

»Dein Name?« herrschte er die Alte an.

»Marfa Strogoff.«

»Du hast einen Sohn?«

»Ja.«

»Er ist Kurier des Zaren?«

»Ja.«

»Wo steckt der Kerl?«

»In Moskau.«

»Hast du Nachrichten von ihm?«

»Vor acht Wochen kam ein Brief.«

»Und wer ist der junge Mann, den du vor einer Viertelstunde als deinen Sohn angesprochen hast?«

»Ich weiß nicht. Ein junger Sibirier, wie es schien. Er ist schon der zehnte, in dem ich meinen Sohn zu finden glaube. Ich bin ganz verwirrt, seit die Stadt voll von Fremden ist. Es ist alles so anders, so laut, so merkwürdig . . .«

»Weib, weißt du, daß ich dich foltern lassen kann, bis du die Wahrheit gestehst?«

»Ich habe die Wahrheit gesagt.«

»Dieser Sibirier war nicht Michael Strogoff?«

»Nein. Glauben Sie, ich würde meinen Sohn verleugnen?«

Haßerfüllt musterte Iwan Ogareff die alte Frau, die ihm gegenüber soviel Standhaftigkeit zeigte. Er zweifelte nicht daran, daß sie gelogen hatte. Wenn nun aber der Sohn seine Mutter, die Mutter den Sohn verleugnet hatte — was konnte das bedeuten? Iwan Ogareff schloß messerscharf, daß der angebliche Nikolas Korpanoff in Wirklichkeit Michael Strogoff, der Ku-

rier des Zaren war. Er gab sofort Befehl, ihn zu verfolgen. Ein hämisches Grinsen entstellte sein Gesicht:
»Die Alte wird nach Tomsk gebracht!«
Und während mongolische Soldaten die unglückliche Mutter brutal ergriffen und fortschleppten, stieß er zwischen den Zähnen hervor:
»Dich werde ich noch zum Sprechen bringen, alte Vettel!«

12

Am 30. Juli, um 9 Uhr morgens, ritt der Kurier des Zaren an der Station Turumoff vorbei. Nun lag die sumpfige Baraba vor ihm, 350 km Kampf mit der Natur. Michael Strogoff wußte sehr wohl, was ihm bevorstand. Genausogut wußte er aber auch, daß er alle Hindernisse überwinden würde.
Die Moore der Baraba, die sich vom 60. bis zum 52. Längengrad erstrecken, sind ein Sammelbecken all jenen Wassers, das weder zum Ob noch zum Irtysch abfließen kann. Der Boden der Baraba besteht fast ausschließlich aus Ton und Lehm, wasserundurchlässigen Erden also, weshalb die große Tiefebene während der heißen Jahreszeit kaum passierbar ist. Dennoch führt der Weg nach Irkutsk durch eben diese unwirtliche Gegend, durch Sümpfe, vorbei an Seen, Weihern, Tümpeln und Moorlöchern, die in der Hitze des Sommers Gerüche ausströmen, schädliche Dünste entwickeln, Insekten und Krankheiten ausbrüten. Dem Reisenden wird der Weg durch die Baraba zur Plage, bisweilen zur tödlichen Gefahr. Im Winter, wenn der Frost sein gutes Werk tut, wenn der Schnee den Boden ebnet, wenn der Nordwind die Miasmen vertrieben hat, gleiten die Schlitten leicht und gefahrlos über die Baraba hinweg. Dann besuchen Jäger diese wildreiche Gegend und stellen Mardern, Zobeln und jenen kostbaren Füchsen nach, deren Pelze bei den Damen so begehrt sind. Im kurzen sibirischen Sommer jedoch wird der Sumpf zur todbringenden, überdimensionalen Kloake.
Michael Strogoff ritt über eine weite, grasbewachsene Ebene. Aber hier gedieh nicht das glatte, kurze Steppengras, die einzige Nahrung der sibirischen Herden. Der einsame Reiter befand sich nicht mehr auf der unbegrenzten Prärie, sondern in

einer Art von riesigem Unterholz, wo Pflanzen so hoch wie Bäume wuchsen. Der Rasen hatte eine Höhe von 1,80 m. Statt dürrer Stengel und Halme wucherten Sumpfgewächse, die bei sommerlichen Temperaturen gigantische Ausmaße entwickelten: Binsen und Schilf, leuchtende Blumen, fleischige Blätter, grelle Farben, spitze Formen, Schwertlilien, Knabenkraut, Frauenschuh. Betäubender Duft mischte sich mit pestilenzartigem Gestank.

Michael Strogoff war nicht mehr zu sehen. Hohes Gras überragte ihn. Nur das Flattern und das Geschrei unzähliger Wasservögel, die den Himmel belebten, zeigten sein Kommen an. Unablässiges Quaken, Quäken und Qieken begleitete den Kurier des Zaren. Bisweilen auch ließ eine im Binsengestrüpp verborgene Rohrdommel ihren dumpfen Trommelschlag erklingen. Jedenfalls war der Weg deutlich genug gekennzeichnet, und das war die Hauptsache. Hier schnitt sich der Pfad durch das undurchdringliche Gewirr der Sumpfpflanzen, dort wand er sich an mäandrierenden Wasserläufen entlang, folgte Uferlinien, deren Ende nicht abzusehen war. Dann wieder, wenn es unmöglich war, Seen oder Bäche zu umgehen, mußte der Reiter eine Furt passieren. Manchmal ging es auch über schwimmende Erde, über schwankende Bohlen, wackelnde Bretter und Planken. Nicht selten haben Männer, öfter noch Frauen, die im Tarantaß die Baraba durchquerten, über heftige Seekrankheit geklagt.

Aber ob nun der Boden fest war oder sich unter den Hufen des Pferdes bog, Michael Strogoff ritt unaufhaltsam voran. Erdspalten, nachgebende und verfaulte Bretter, teigartiger Lehm und unergründliche Moorlöcher konnten ihm nichts anhaben. Vor einem Schrecken, den die Baraba für den Reisenden bereithält, wußte allerdings auch er sich nicht zu schützen: Myriaden gieriger Insekten umschwirrten Reiter und Pferd. Gepeinigt von den giftigen Stichen sprang Michael Strogoffs Pferd hin und her. Von Angst und Wut getrieben raste es dahin, ging durch, war nicht zu halten, legte Kilometer um Kilometer mit der Geschwindigkeit eines Schnellzuges zurück. Mit dem Schweife peitschte es sich die Flanken und suchte im schnellen Lauf Linderung seiner schrecklichen Qualen.

Nur ein so ausgezeichneter Reiter, wie Michael Strogoff es war, konnte sich da im Sattel halten. Ob das Pferd plötzlich verweigerte, dann wieder vorwärtsschoß, sich aufbäumte oder Bock-

sprünge wie beim Rodeo vollführte – unser Held blieb sitzen. Gegen körperlichen Schmerz völlig unempfindlich, sozusagen unter dem Einfluß andauernder Betäubung stehend, spürte er nur das Verlangen, sein fernes Ziel, Irkutsk, zu erreichen, koste es, was es wolle. Also ließ er die Zügel hängen und seinem Pferde freien Lauf.
Wer etwa meint, die unwirtliche Baraba sei während der heißen Jahreszeit menschenleer, der irrt sich. Von Zeit zu Zeit tauchten längs des Weges elende, verhutzelte Dörfchen auf, Lichtungen in diesem Dschungel von Binsen und Schilf, auf denen Männer, Frauen, Kinder und Greise, die Gesichter mit pechbestrichenen Masken bedeckt, magere Milchschafe weideten. Um ihre Tiere vor Insekten zu schützen, hielten die Barabinzen, wie die Einwohner der Baraba genannt werden, ihre Herden in den Rauchfahnen von Feuern, die sie Tag und Nacht mit grünem Holz und feuchten Binsen nährten und deren beißender Qualm sich behäbig über die Sümpfe hinzog und alles vernebelte.
Als Michael Strogoff bemerkte, daß sein erschöpftes Pferd zusammenzubrechen drohte, machte er Rast in einem dieser Dörfer, um sein Tier zu versorgen. Die eigene Müdigkeit vergessend, rieb er die Stiche des Pferdes nach sibirischer Sitte mit heißem Fett ein, gab ihm zu saufen und eine ordentliche Portion frischen Futters, und erst dann dachte Michael an sich selbst, stärkte sich mit etwas Brot, Fleisch und einigen Gläsern Kwaß.
Zwei Stunden dauerte die Erholungspause. Dann gab Strogoff seinem Pferd die Sporen, machte er sich erneut auf den schier unendlichen Weg nach Irkutsk, und am 30. Juli um 8 Uhr abends kam er, nachdem er von Turumoff her 100 km zurückgelegt hatte, in Elamsk an. Hier mußte sein Pferd eine Nacht ausruhen.
Der nächste Morgen brachte eine unangenehme Überraschung. Nur 15 km vor Elamsk war eine tatarische Eskorte gesichtet worden. Rauchsignale meldeten ihr Kommen. Strogoff, der nicht fehlging in der Annahme, daß dieser Trupp seine Verfolgung aufgenommen hatte, wurde zu äußerster Eile angetrieben. Nach einem Tagesritt von 140 km erreichte er am Abend das Dorf Spaskoje, zwei Stunden später Pokrowskoje und am folgenden Tag, dem 2. August, um 4 Uhr nachmittags die Ortschaft Kamsk.

Ein Heer von mikroskopisch kleinen Vampiren stürzte sich auf Mensch und Tier.

Hier bot die Landschaft ein anderes Bild. Kamsk ist wie eine Insel in dieser verseuchten, menschenfeindlichen Sumpflandschaft, wie eine Oase der Gesundheit und des Friedens. Die Kanalisation des Tom, eines durch Kamsk fließenden Nebenflusses des Irtysch, hat viel Gutes bewirkt. Die Luft ist gereinigt von Miasmen. Aus moorigem, säuerlichem Boden sind fette Rinderweiden geworden. Hier — wenn man so sagen darf: in der Hauptstadt der Baraba — suchen die Barabinzen Schutz, wenn die Mückenplage unerträglich, der Gestank der faulenden Wasser nicht mehr auszuhalten ist.

Der Gouverneur des Gebietes, als habe er durchschaut, wer der angebliche Kaufmann aus Irkutsk in Wirklichkeit sei, ließ Michael Strogoff zu sich bitten und versuchte, den Fremdling auszuhorchen. Tatsächlich lag ja Kamsk ganz außerhalb der sibirischen Welt, und man wußte dort nicht viel von den Ereignissen, die sie erschütterten, war auf Gerüchte angewiesen. Strogoff teilte das Notwendigste mit. Im Interesse seiner Sicherheit mußte er sich auch in diesem Fall Zurückhaltung auferlegen.

Den Abend und die Nacht verbrachte er in einer Herberge vor der Stadt, wo er vor neugierigen Fragern sicher war. Überwältigt von den Anstrengungen der vergangenen Tage, legte er sich nieder, nachdem er dafür gesorgt hatte, daß es seinem treuen Pferde an nichts fehlte. Aber sein Schlaf war unruhig. Erinnerungen stiegen in ihm auf, Sorgen bedrückten ihn, Täume ließen ihn aufschrecken. Das Bild seiner Mutter erschien ihm und das seiner jungen Gefährtin. In seiner Vorstellung verschmolzen die Gestalten der beiden Frauen zu ein und derselben Person.

»Michael! Michael!«

Doch der Träumende durfte diesen Ruf nicht erwidern, mußte die Bilder verbannen, die ihn bedrängten. Noch immer lag der kaiserliche Brief auf seinem Herzen, und er trug ihn über Gebirge, trug ihn durch Steppen und Sümpfe, während Tataren ihn hetzten.

Adler zu sein, um sich über alle Hindernisse zu erheben! Im Vogelflug bis nach Irkutsk zu jagen! Orkan zu werden und durch die Lüfte zu brausen mit einer Geschwindigkeit von 100 km/h, um endlich vor dem Großfürsten zu stehen und zu melden:

»Hoheit, von Seiner Majestät dem Zaren!«

13

Vor einer Hütte, die abseits des Weges und in hellen Flammen stand, saß ein Greis. Weinende Kinder umringten ihn. Eine junge Frau, vermutlich die Schwiegertochter oder Tochter des Alten, jedenfalls aber die Mutter der Kleinen, betrachtete mit verstörtem Blick die Szene der Verwüstung. Sie gab einem wenige Wochen alten Säugling die Brust. Hatte sie überhaupt noch Milch?! Rings um die beklagenswerte Familie nichts als Trümmer!

»Verzeihung«, sagte Michael Strogoff, »nur ein paar Fragen . . .«

»Bitte«, murmelte der Greis.

»Sind hier Tataren gewesen?«

»Ja, denn meine Hütte brennt.«

»War es ein Heer oder ein Trupp?«

»Ein Heer, denn so weit das Auge reicht, sind Häuser und Felder vernichtet.«

»Kommandiert vom Khan?«

»Ja, denn rot von Blut sind die Wasser des Ob.«

»Ist Feofar-Khan nach Tomsk gezogen?«

»Nach Tomsk.«

»Und haben die Tataren Kolyivan erobert?«

»Nein, denn Kolyivan brennt nicht.«

»Danke, mein Freund. Was kann ich für dich und die Deinen tun?«

»Nichts!«

»Leb wohl!«

»Auf Wiedersehen.«

Michael Strogoff steckte der unglücklichen Mutter 25 Rubel zu. Die Ärmste! Sie war zu schwach, ihm zu danken. Seufzend schwang sich der Kurier des Zaren auf sein braves Roß, gab ihm die Sporen und setzte den nur für einen Augenblick unterbrochenen Ritt fort. Er wußte nun, daß er Tomsk links liegen lassen mußte. Es galt, nach Kolyivan zu reiten, wohin die Tataren noch nicht gelangt waren. Dort würde er versuchen, sich mit Proviant zu versorgen. Dann würde er die große Straße nach Irkutsk verlassen müssen, um Tomsk nicht zu betreten. Es gab keine andere Wahl.

Nachdem dieser Plan gefaßt war, zögerte Strogoff nicht länger. Sein Pferd schlug einen flinken, regelmäßigen Trab ein und folgte der Hauptstraße, die am westlichen Ufer des Ob endet. Bis dahin waren es noch 50 km. Würde er eine Fähre finden oder gezwungen sein, den Strom zu durchschwimmen? Freilich war anzunehmen, daß die Tataren alle Boote zerstört hatten. Nach eines langen Tages Reise durch die Steppe war es Nacht geworden. Finsternis hüllte die Landschaft ein. Gegen Mitternacht erstarb der Wind. Kein Lüftchen wehte. Es herrschte vollkommene Stille. Nur das Getrappel des Pferdes war zu vernehmen und manchmal ein Ruf, mit dem sein Herr es antrieb.

Eben war Michael Strogoff abgestiegen, um sich zu vergewissern, ob er nicht doch den Weg, ohne es bemerkt zu haben, verlassen hatte, da kam es ihm auf einmal vor, als dringe von Westen her eine Art wirres Gemurmel an sein Ohr, und dieses unerwartete Geräusch fesselte sofort seine Aufmerksamkeit. Michael Strogoff verstand wenig von Geologie und Physik, dennoch wußte er, daß der Erdboden ein besserer Schallträger ist als die Luft. Er legte sich auf die Straße, um an der Erde zu horchen. Was er auf diese Weise erfuhr, war geeignet, ihn in höchste Beunruhigung zu versetzen:

»Reiter, die von Omsk her unterwegs sind, etwa 50 an der Zahl, sie nahen im Galopp. In zehn Minuten sind sie hier. Die Frage ist nur: sind es Russen oder Tataren? Sind es Russen, so will ich mich ihnen anschließen. Sind es Tataren, so muß ich mich verstecken. Aber wo?«

Michael Strogoff sah sich um, und sein geübtes Auge entdeckte einen in der Finsternis wie mit dem Wischer hingezeichneten Schatten, links von der Straße, etwa 100 Schritte voraus.

»Das ist ein Gebüsch! Wenn ich mich dort verberge, bin ich vielleicht schon bald gefangen. Aber was bleibt mir anderes übrig? Da sind sie! Da kommen sie schon!«

Kurz darauf hatte er ein kleines Lärchengehölz erreicht, sah sich aber, als er etwa 50 Schritte weit hineingedrungen war, durch einen Wasserlauf am Weitergehen behindert. Er band sein Pferd an einem Baume fest, dann kroch er wieder ein Stück zurück, um zu erspähen, wer da nahte.

Nach wenigen Minuten wurde ein Lichtschimmer in der Ferne sichtbar. Leuchtende Punkte zeigten sich auf der Straße, tanzten rhythmisch auf und nieder wie Glühwürmchen.

»Fackeln!«

Hastig, aber lautlos wie ein Indianer durch das Unterholz gleitend, kroch Michael Strogoff zurück. Je näher das Getrappel dem Wäldchen kam, desto langsamer wurde es. Suchten die Reiter etwa die Straße nach ihm ab? Vermuteten sie ihn hier? Michael Strogoff befürchtete das, und er wich bis an das Ufer des Wassers zurück, um sich notfalls hineinzustürzen.

Auf der Höhe des Gehölzes angelangt, machte die Abteilung halt. Die Reiter sprangen von ihren Pferden. Tatsächlich, es mochten etwa ihrer 50 sein, und ein Dutzend von ihnen trug Fackeln, deren heller Schein die Straße beleuchtete.

An gewissen Vorbereitungen erkannte Michael Strogoff, daß die Soldaten nicht daran dachten, das Dickicht zu durchsuchen, sondern nur eine Ruhepause einlegen wollten, um die Tiere verschnaufen zu lassen und sich selbst die Beine zu vertreten. Die Pferde weideten auch, sobald sie abgezäumt waren, hungrig das dichte Gras ab. Die Reiter gingen auf und ab oder streckten sich auf dem Boden aus, sprachen und scherzten miteinander, wärmten sich an den Fackeln und verteilten die Vorräte ihrer Brotbeutel unter sich.

Es handelte sich um eine Abteilung usbekischer Reiter, große, kräftige Männer mit rauhen Manieren und grobgeschnittenen, aber kühnen Gesichtszügen. Sie trugen den Talpack auf dem Kopfe, eine Mütze aus schwarzem Schaffell, und an den Füßen gelbe Schaftstiefel mit hohen Hacken und Schnabelspitzen, wie sie im Mittelalter Mode waren. Den mit roher Baumwolle wattierten Oberrock hielt ein mit rotem Soutache-Besatz verzierter Ledergürtel. Die Reiter waren zu ihrer Verteidigung mit einem Schild ausgerüstet, den krummen Säbel trugen sie als Angriffswaffe, dazu den langen Dolch und ein Steinschloßgewehr.

Wie die Herren waren auch die Pferde, die auf der Wiese vor dem Wäldchen nun friedlich grasten, von usbekischer Rasse. Das konnte Michael Strogoff deutlich im Schein der Fackeln erkennen. Das usbekische Pferd ist zierlicher als das turkmenische, aber ein Vollblut, das außer Galopp keine andere Gangart kennt.

Das Reiterkommando wurde von einem Pendja-baschi geführt, einem Befehlshaber über 50 Mann, dem ein Deh-baschi, eine Art Feldwebel, unterstand. Beide trugen Schuppenhelm und Schuppenpanzer. Kleine, am Sattelbogen baumelnde Trompeten bildeten ihr Rangabzeichen. Abseits von den Gemeinen, Haschisch rauchend und im Gespräch begriffen, ging der

Pendja-baschi mit seinem Unteroffizier vor dem Gehölz auf und ab, so daß Michael Strogoff sie belauschen und, da sie tatarisch redeten, auch verstehen konnte.
»Soviel Vorsprung, wie du meinst, dürfte dieser Kurier kaum noch haben«, sagte der Pendja-baschi, »und es ist ausgeschlossen, daß er einen anderen Weg eingeschlagen hat als den durch die Baraba.«
»Na, wer weiß? Womöglich ist er noch in Omsk, hat sich in irgendeinem Keller verkrochen!«
»Das wäre gar nicht so übel! Dann brauchte Oberst Ogareff nicht zu befürchten, daß die Depeschen, deren Träger er offenbar ist, ihr Ziel erreichen.«
»Man sagt, er sei gebürtiger Sibirier. Also kennt er die Gegend hier. Ist es nicht wahrscheinlich, daß er die Irkutsker Straße verlassen hat, um sie erst später wieder zu betreten?«
»Jedenfalls hätten wir dann einen Vorsprung und brauchten nur in Tomsk auf ihn zu warten. Wir haben Omsk nur eine Stunde nach ihm verlassen, haben den kürzesten Weg genommen und sind im schnellsten Tempo geritten. Wenn der Bursche jemals Irkutsk zu sehen bekommt, fresse ich einen Besen!«
»Was gilt die Wette?«
»Keine Kopeke setze ich auf den!«
»Na, wenn er so verschlagen ist wie seine Mutter?«
»Tja«, sagte lachend der Pendja-baschi, »die behauptet noch immer, der angebliche Kaufmann sei nicht ihr Sohn. Aber damit kommt sie bei uns nicht durch. Du kennst doch unseren Ogareff! Der wird ihr noch Manieren beibringen!«
»Worauf man sich verlassen kann!«
»Und glaube mir: das wird ein Spaß ganz eigener Art!«
Michael Strogoff hatte geglaubt, nicht stärker hassen zu können, als er Iwan Ogareff schon haßte. Und doch überwältigte ihn jetzt eine Flut neuen Hasses. Sein Herz klopfte zum Zerspringen. Dieser Schurke, dieser Teufel, dieser Hund! Der sein Vaterland in so schmählicher Weise verraten hatte und noch verriet, der bedrohte nun die ehrwürdige Greisin mit Folterqualen! Und Michael Strogoff wußte nur zu gut, daß seine Mutter nicht sprechen würde und daß sie diese Weigerung das Leben kosten mußte.
Die Unterhaltung der beiden Offiziere ging weiter. Der im Unterholz Verborgene entnahm ihren Worten, daß ein Zusammenstoß zwischen moskowitischen und tatarischen Truppen bei

Kolyivan unmittelbar bevorstand. Ein kleines russisches Korps, 2000 Mann stark, befand sich auf dem Marsch nach Tomsk, und damit schien sein Schicksal besiegelt. Unweigerlich würde es von den Heeren Feofar-Khans eingekesselt und vernichtet werden, und dann würde die Irkutsker Straße den mongolischen Horden unangefochten gehören.
Was Michael Strogoff über sich selbst erfuhr, war keineswegs erfreulicher: Auf seinen Kopf war ein Preis gesetzt. Es war der Befehl erlassen worden, ihn tot oder lebendig zu fangen.
Da war kein Augenblick mehr zu verlieren! Wenn es eine Chance gab, dann lag sie darin, vor den usbekischen Reitern zu fliehen, einen Vorsprung zu gewinnen, um vor ihnen den Ob zu überqueren. Wie aber das Wäldchen verlassen, ohne daß die Feinde es bemerkten? Schon dämmerte es im Osten. Schon entstand unter den Usbeken wieder ein gewisses Leben. Einzelne Soldaten erhoben sich, gingen auf und ab, suchten nach ihren Pferden, machten sich am Zaumzeug zu schaffen. Die Fackeln, soweit sie noch nicht niedergebrannt waren, wurden gelöscht. Darin lag ein Vorteil.
Im Grase kriechend, näherte sich Michael Strogoff seinem ruhenden Pferde. Er streichelte es behutsam, sprach ihm begütigend zu, und als habe das kluge Tier die Lage durchschaut, stellte es sich geräuschlos auf seine Beine, folgte es seinem Herrn. Der hielt in der Rechten einen Revolver, bereit, dem ersten Tataren, der ihm zu nahe käme, den Schädel einzuschlagen. Zum Glück aber blieb er unbemerkt. Die Dunkelheit schützte ihn, und so konnte er sich, sein Pferd am Zaume führend, aus dem Gehölz schleichen, ohne Aufsehen zu erregen.
Aber in dem Moment, als er fast die Straße erreicht hatte, witterte eines der usbekischen Pferde seine Stute, wieherte und galoppierte freudig schnaubend auf Michael Strogoff zu. Sein Herr lief ihm nach, es einzuholen, erkannte einen Schatten in der Dämmerung, stutzte und schrie:
»Wer da?«
Dieser Ruf brachte die Tataren auf die Beine, zunächst aber auch in Verwirrung. Sie liefen durcheinander, wußten nicht, wohin, erhoben ein Geschrei und behinderten sich gegenseitig in der Finsternis. Ehe sie sich gesammelt hatten, saß Michael Strogoff im Sattel.
Da, ein Schuß! Und noch einer!

Der Flüchtling fühlte, wie zwei Kugeln seine Pelzmütze durchlöcherten.
»Lauf zu, mein tapferes Roß! Ich reite für Rußland!«
Da die Usbeken erst einmal ihre Tiere einfangen und aufzäumen mußten, hatte Michael Strogoff in dem Rennen auf Leben und Tod, das nun einsetzte, eine gewisse Vorgabe. Würde er aber seinen Vorsprung halten können?
Knapp zwei Minuten nachdem er die Straße erreicht hatte, hörte er bereits das kurze, scharfe Getrappel mehrerer Pferde hinter sich, die zwar langsam, aber stetig an Boden gewannen. Inzwischen war die Sonne aufgegangen, und der Flüchtling erkannte, als er sich umwandte, den Deh-baschi, der offenbar als erster die Verfolgung aufgenommen hatte und seinem Trupp vorausjagte, ehrgeizig, wie Unteroffiziere in allen Armeen es sind. Mit einer Hand, die niemals zitterte, legte Michael Strogoff den Revolver an und drückte ab. Der usbekische Feldwebel, in die Brust getroffen, führte einen kunstgerechten Salto aus, und zwar einen Salto mortale rückwärts.
Aber andere folgten ihm dichtauf, und sie kamen zeitweilig so nahe, daß Michael die Flüche hören konnte, die ihm galten. Doch der Gejagte wußte die Beleidigungen heimzuzahlen. Jedesmal, wenn er seinen Revolver abfeuerte, biß ein Usbeke ins Gras, umtobt von dem Wutgeheul seiner Kameraden.
Endlich zeigte sich in einer Entfernung von 2 km ein bleiches, von Bäumen eingefaßtes Band in der Landschaft. Das war der Ob, der hier von Südwesten nach Nordosten in seinem flachen Bett fließt, als dessen Tal aber eigentlich die gesamte Steppe gelten muß. Mit letzter Anstrengung gelangte Michael Strogoffs Pferd an das Ufer und stürzte sich in den Strom.
Die Tataren, keine 50 m hinter dem Flüchtling, machten am Ufer halt, unschlüssig, ob sie ein Bad nehmen sollten oder nicht. Zum Glück sind Tataren im allgemeinen wasserscheu. Der Pendja-baschi riß seine Flinte an die Wange, zielte und traf – Michael Strogoffs Pferd. Stöhnend versank das brave Tier in den Fluten.
»Hab' Dank!« flüsterte der Kurier des Zaren, bevor er die Stiefel aus den Steigbügeln zog. Dann, um dem Kugelhagel zu entgehen, tauchte auch er.

14

Es war 3 Uhr in der Frühe. Michael Strogoff, soeben den Wassern des Ob entstiegen, marschierte auf Kolyivan zu, ungewiß, wer oder was ihn dort erwartete. Denn dumpfes Rollen, fleißiges Knattern, heftige Detonationen ließen die Luft erzittern, und der den Tataren so glücklich Entronnene war sich über die Ursache dieser Geräusche völlig im klaren.
»Geschützdonner und Gewehrfeuer! Die Schlacht um Kolyivan ist entbrannt! Gebe Gott, daß die Russen siegen!« rief er aus, denn nach menschlichem Ermessen mußten die Tataren den Kampf gewinnen. Sie waren bei weitem in der Übermacht, und Michael Strogoff begann zu laufen, um wenigstens vor ihnen die umkämpfte Stadt zu erreichen. Was er jetzt dringend benötigte, waren frische Kleider und ein Pferd.
Der Kurier des Zaren lief und lief und lief. Er war noch knapp 800 m von der Stadt entfernt, als plötzlich etwas wie ein Komet mitten in die byzantinischen Kuppeln fuhr. Volltreffer! Die unersetzlichen Kulturdenkmäler zerbarsten augenblicklich. Staub, Steine, halbe Kirchtürme wirbelten durch die Luft. Im Nu stand ganz Kolyivan in Flammen. Die Artillerien beider Fronten eröffneten ein mörderisches Feuer. Der Himmel war voller Granaten.
Michael Strogoff, von abgeirrten Geschossen gehetzt, von Reiterscharen bedroht, die auf einmal von allen Seiten heranstürmten, erkannte die Sinnlosigkeit seines Unterfangens. Nach Kolyivan zu gehen, dafür war es zu spät! Wohin aber sonst? Zu seinem Entsetzen bemerkte der Kurier des Zaren, daß er sich zwischen den einander bekämpfenden Heeren befand, unbewaffnet, hungrig, erschöpft.
Unter alten Eichen, in sicherer Entfernung von der brennenden Stadt, stand ein Haus, dessen weiße Mauern weithin im ersten Licht des Morgens leuchteten. Dorthin rennen, sich verstecken, versuchen, zu neuen Kräften zu gelangen, mehr konnte unser Held für den Augenblick nicht tun. Und er rannte los!
Aber was mochte das für ein Haus sein? Was hatten die Drähte zu bedeuten, die sich aus dem Dach des Gebäudes spannen, nach Osten, Westen und in Richtung Kolyivan davonliefen? Kein Zweifel: Michael Strogoff näherte sich einem Telegraphenamt.

Ohne anzuklopfen, stieß er die Tür auf und stürzte hinein, darauf gefaßt, Tataren, die das Amt möglicherweise schon besetzt hielten, direkt in die Arme zu laufen.
»Vorsicht, Stufe!« rief eine Stimme.
Hinter dem Schalter saß der Mann vom Nachtdienst und wartete auf Kunden. Auf dem Kopf die Postbeamtenmütze, vor sich einen summenden Samowar, musterte er den Eintretenden befremdet. Einen solchen Menschen hatte er während seiner mehr als 10jährigen Dienstzeit noch nicht im Amt gesehen. Keuchend vor Atemlosigkeit, mit nassen Haaren und triefenden Kleidern stand Michael Strogoff da.
»Tür zu!« rief der Telegraphist.
Doch Michael Strogoff, der nichts verstand, weil gerade in unmittelbarer Nähe der Telegraphenstation einige Granaten schwersten Kalibers krepierten, lehnte schon über dem Schalter und schrie:
»Hallo! Wissen Sie . . .«
»Wie bitte?«
». . . wer hier von wo auf wen schießt?«
»Die Russen auf die Tataren und umgekehrt«, erwiderte der Beamte und säuberte seinen Schreibtisch von Mörtel und Glasscherben. Der Luftdruck der Detonationen hatte in dem Gebäude schwersten Schaden angerichtet.
»Und wo stehen die Russen?«
»Woher soll ich das wissen, mein Herr? Was wollen Sie eigentlich? Haben Sie die Absicht, ein Telegramm aufzugeben oder nicht?«
»Geht denn das noch?«
»Selbstverständlich! 10 Kopeken das Wort, wenn Sie sich beeilen. Noch gilt der Nachttarif!«
Michael Strogoff, ein wenig aus der Fassung gebracht durch den Ton, den dieser mürrische und vom Kriegslärm gänzlich unbeeindruckte Postbeamte anschlug, wollte eben erklären, daß er nicht gekommen war, um ein Telegramm aufzugeben, da hörte man plötzlich von draußen Stimmen und Schritte. Zwei Herren, sich gegenseitig an den Rockschößen festhaltend, kämpften auf der Türschwelle um den Vortritt:
Alcide Jolivet und Harry Blount!
Sie hatten Ischim zwar später als Michael Strogoff verlassen, waren aber dennoch eher nach Kolyivan gelangt, denn ihre Reise war ohne Schwierigkeiten verlaufen. Nachdem die beiden

Kriegsberichterstatter den Beginn der Schlacht um Kolyivan abgewartet und deren Fortgang beobachtet hatten, bis es zu den ersten Straßenkämpfen gekommen war, hatten sie sich auf die Beine gemacht und waren zu dem Telegraphenamt gelaufen, um ihre Berichte nach Europa zu kabeln.

»Augenblick mal, bei mir geht's ganz fix!«

»Bei mir auch!«

»Nun lassen Sie mich doch schon los!«

»Na schön«, sagte Blount und ließ seinen Kollegen vorangehen, aber in typisch angelsächsischer Perfidie stellte er ihm von hinten ein Bein. Der Franzose stolperte und fiel. Ehe er sich wieder aufrappeln konnte, war Blount an ihm vorbei und reichte dem Beamten sein Telegramm.

»10 Kopeken das Wort!«

Der Brite griff in die Tasche, holte eine dicke Rubelrolle hervor und knallte sie auf den Tisch. Jolivet, der hinter ihm stand und vor Ungeduld mit den Füßen aufstampfte wie ein junges Fohlen, sah es mit Erstaunen.

Der Mann hinter dem Schalter jedoch, der sich weder von dem Streit der beiden Korrespondenten noch von der Kanonade, die sich draußen zum Stakkato steigerte, beeindruckt zeigte, begann mit seiner Arbeit und gab folgendes Telegramm durch:

DAILY TELEGRAPH, LONDON.

KOLYIVAN, GOUVERNEMENT OMSK, SIBIRIEN, 6. AUGUST. ERSTER ZUSAMMENSTOSS ZWISCHEN RUSSISCHEN UND TATARISCHEN TRUPPEN. RUSSISCHES KORPS ZURÜCKGESCHLAGEN. TATAREN BESETZEN KOLYIVAN. STRASSENKÄMPFE . . .

»Jetzt bin ich aber dran!« rief Jolivet und schwenkte seinen Zettel. Vor Aufregung war er rot wie eine Tomate.

»Noch nicht«, sagte Blount, denn er hatte gar keine Lust, dem Franzosen den Platz an der Theke zu räumen. Er wollte die Leitung für sich behalten, um jede Neuigkeit brühwarm weitergeben zu können, blieb also stehen, wo er stand, zog sein Notizbuch hervor, bekritzelte eilig ein Blatt und übergab es dem Beamten, der mit ruhiger Stimme folgenden Wortlaut verlas:

AM ANFANG SCHUF GOTT HIMMEL UND ERDE . . .

»Das ist unfair!« schrie Jolivet und drängelte sich vor. Doch der Beamte wies auf Harry Blount und entgegnete mit liebenswürdigem Lächeln:

»Bedaure, der Herr ist im Recht!«
Jolivet wollte sich in der Luft zerreißen.
Blount aber, mit der allergrößten Kaltblütigkeit, geradezu gelangweilt, trat ans Fenster und beobachtete durch seinen Kneifer, was sich in Kolyivan tat, schlenderte dann wieder zum Schalter, beschrieb einen weiteren Zettel und feixte, während der Telegraphist vorlas:
ALLE KIRCHEN IN BRAND. DAS FEUER SCHEINT DIE GANZE STADT ERFASST ZU HABEN. DIE ERDE WAR WÜST UND LEER UND FINSTERNIS HERRSCHTE ...
Jolivet hatte nicht übel Lust, dem ehrenwerten Berichterstatter des *Daily Telegraph* an die Gurgel zu springen. Noch einmal versuchte er, den Beamten umzustimmen. Der aber, nach wie vor unnahbar, speiste ihn mit den Worten ab:
»Bezahlt ist bezahlt.«
Und ohne sich weiter um den Franzosen zu kümmern, nahm er die neuesten Nachrichten in Empfang, die Blount ihm diktierte:
RUSSISCHE FLÜCHTLINGE VERLASSEN DIE STADT. UND GOTT SPRACH: ES WERDE LICHT. UND ES WARD LICHT. UND GOTT SAH, DASS DAS LICHT GUT WAR. DA SCHIED GOTT DAS LICHT VON DER FINSTERNIS.
»Blasphemie! Todsünde! Geldverschwendung!« tobte Jolivet.
Blount stand schon wieder vor dem Fenster. Diesmal aber, von dem Schauspiel, das sich seinen Augen bot, über Gebühr gefesselt, zog er seine Betrachtung etwas zu sehr in die Länge. Und kaum hatte der Beamte die letzten Bibelworte durchgegeben, da nahm Alcide Jolivet klammheimlich den Platz des anderen ein, und nachdem er, dem Beispiel seines Kollegen folgend, eine Rubelrolle auf den Tisch gelegt hatte (aber leise), reichte er seinen Text dem Telegraphisten.
MADELEINE JOLIVET, 10 FAUBOURG-MONTMARTRE, PARIS.
KOLYIVAN, GOUVERNEMENT OMSK, SIBIRIEN, 6. AUGUST. RUSSEN VERNICHTEND GESCHLAGEN. FLÜCHTLINGE VERLASSEN DIE STADT. WERDEN VON TATARISCHER KAVALLERIE VERFOLGT.
Und als Blount von seinem Beobachterposten zurückkehrte, hörte er, wie Alcide sein Telegramm mit folgenden, spöttisch gesungenen Versen fortsetzte:
ES WAR EIN RIESENLANGER MANN

MIT EINEM GROSSEN MAUL,
HATTE EIN GRAUES RÖCKLEIN AN,
WOHNTE IN PARIS
UND HIESS:

Da er es geschmacklos fand, dem Beispiel seines Kollegen nachzueifern, der das Heilige mit dem Profanen verquickte, hatte er einen Gassenhauer gewählt, der ihm gerade im Kopf herumging.

»Nanu!« wetterte Blount, »was soll das?«

»Zum Totlachen«, freute sich Jolivet über die verdutzte Miene des Briten. Da erschütterte ein gewaltiger Krach das Telegraphenamt. Eine Granate hatte die Wand durchschlagen. Blount ging in Deckung. Staub vernebelte den Raum. Hustend diktierte Jolivet die Zeilen:

... DER HELD DER NATION
UND WAR EIN FEIND VON ALBION.

Dann warf er sich kurz entschlossen auf das Geschoß, packte es mit beiden Händen, und ehe es explodiert war, hatte er es zum Fenster hinausbefördert. Daß dabei die letzten Scheiben zersplitterten, schadete nichts. Einen Augenblick später wären sie ohnehin entzweigegangen, als die Granate draußen krepierte. Jolivet jedoch konnte im Diktat fortfahren:

SECHSPFÜNDIGE GRANATE IM TELEGRAPHENAMT GELANDET. IN ERWARTUNG WEITERER VON GLEICHEM KALIBER...

Für Michael Strogoff, der sich die ganze Zeit über stumm in einer Ecke des Raumes herumgedrückt hatte – denn er verspürte durchaus keine Lust, sich den beiden Reportern zu erkennen zu geben –, war die Lage jetzt mehr als brenzlig. Wenn auf die Beobachtungen der Korrespondenten Verlaß war, konnte sein Heil nur noch in der Flucht liegen. Hier jedenfalls durfte er nicht länger bleiben. In Anbetracht der Ereignisse glich sein vermeintliches Versteck eher einer Falle. Eben wollte er der Granate folgen und aus dem Fenster springen, als heftiges Gewehrfeuer ihn daran hinderte. Kugeln pfiffen durch den Raum. Die hölzerne Tür war plötzlich perforiert. Blount, in die Schulter getroffen, sank zu Boden. Selbst Jolivet duckte sich, diktierte aber weiter:

HARRY BLOUNT, BERICHTERSTATTER DES DAILY TELEGRAPH, STÜRZT NEBEN MIR, VERMUTLICH VON GRANATSPLITTERN GETROFFEN...

»Schalter geschlossen!« rief der Beamte und verschwand durch eine Tür im Hintergrund. Kurz darauf wurde die Post von tatarischen Soldaten gestürmt.

Zu spät! Der Postbeamte erhob sich, rückte seine Mütze zurecht, knöpfte seine Jacke zu, schraubte das Tintenfaß zu, streifte seine Ärmelschoner ab und rief, bevor er die Sprechklappe verschloß:
»Schalter geschlossen! Leitung defekt!«
Dann verschwand er durch eine Tür im Hintergrund. Kurz darauf wurde das Amt von tatarischen Soldaten gestürmt. Strogoff, Blount und Jolivet waren gefangen. »Jetzt können Sie sich endlich mal totlachen«, sagte der Engländer und warf Jolivet einen wütenden Blick zu.

15

Als die in Kolyivan gemachten Gefangenen im Feldlager Feofar-Khans anlangten, erhob sich ein gräßliches Getöse. Die Tataren stimmten eine Art Triumphgesang an, der sich aber eher wie Geheul anhörte, Trompeten schmetterten, Trommeln und Pauken dröhnten, und es wurde Salut geschossen, als gälte es, den Kaiser von China zu empfangen. Ununterbrochen ballerten die Vier- und Sechspfünder, aus denen die Artillerie der Tataren bestand.
Feofar-Khans Lager hatte rein militärischen Charakter. Was man seine Familie hätte nennen können, nämlich sein zahlreich und gut bestückter Harem, hatte er in Tomsk gelassen, jener Stadt, die sich jetzt ganz in den Händen der Tataren befand, und auch der Anhang seiner Wesire und anderer Würdenträger des bucharischen Reiches war dort verblieben.
Das Zelt des Emirs überragte alle anderen und zeichnete sich durch unvergleichliche Prachtentfaltung aus. Es stand für sich allein auf einer Lichtung, bunt und mit Ornamenten übersät. Über ihm flatterte die mit dem Wappen Feofars bestickte Kriegsfahne der Tataren, vor ihm, auf einem lackierten, mit Edelsteinen verzierten Tisch lag das heilige Buch, der Koran, unter einem Baldachin aus Seide. Seine Seiten bestanden aus gehämmertem Gold.
Im Halbkreis um dieses Zelt gruppierten sich die Zelte der Würdenträger von Buchara: der Oberstallmeister, dem allein das Recht zusteht, dem Emir zu Pferde bis in den Hof seines

Palastes zu folgen, der Husch-Begi oder Träger des königlichen Siegels, der Toptschi-baschi oder Obergeschützmeister, der Khodja oder Vorsitzende des Rates, der Scheich-ul-Islam oder Oberpriester, der Kazi-askew, der in Abwesenheit des Emirs alle zwischen den Soldaten entstehenden Streitigkeiten schlichtet, und schließlich der Chefastrologe, dessen Beruf es ist, in allen Zweifelsfällen die Gestirne zu befragen.

Als die Gefangenen unter dem Hohngelächter der Tataren in das Lager getrieben wurden, ruhte Feofar-Khan in seinem Zelte. Er ließ sich nicht blicken, und das war gut so. Ein Wink seiner Hand, ein Wort aus seinem Munde hätten das Signal zu einer blutigen Exekution sein können. Die Gefangenen wurden in einen engen Pferch gestoßen und mußten dort bei täglicher Mißhandlung, bei magerer Kost, Wind und Wetter ausgesetzt, auf Feofars Wohlwollen hoffen.

Der geduldigste unter ihnen war ganz gewiß Michael Strogoff. Er hatte durchaus nichts dagegen, daß man ihn mitnahm, und zwar dorthin, wohin er sowieso gegangen wäre, nämlich nach Tomsk. Und als freier Mann wäre er auf dem Wege dorthin wohl kaum so unbehelligt geblieben, wie er es in der Schar der Gefangenen und unter Bewachung der Tataren war. Noch brauchte der Kurier des Zaren sich und seine Mission nicht aufzugeben. Solange man ihm den kaiserlichen Brief nicht geraubt hatte, war nichts verloren.

Was Michael Strogoff allerdings fürchtete, war eine mögliche Begegnung mit seinem Feinde Iwan Ogareff. Abgesehen von der Gefahr erkannt zu werden, fühlte er instinktiv, daß sein Heil darin lag, einen Vorsprung vor dem ehemaligen Oberst zu gewinnen, der, wie es hieß, sich von Omsk her mit seinen Truppen näherte.

»Aber bin ich erst einmal in Tomsk, dann mache ich mich aus dem Staube. Ein Vorsprung von zwölf Stunden sollte genügen, Irkutsk eher als Iwan Ogareff zu erreichen!«

Zusammen mit Michael Strogoff waren auch Harry Blount und Alcide Jolivet in das Lager der Tataren verschleppt worden. Doch ihr einstiger Reisegefährte, der mit ihnen im Telegraphenamt in Gefangenschaft geraten war, machte keinerlei Annäherungsversuche, sondern ging den beiden Reportern im Gegenteil aus dem Wege. Es lag ihm wenig daran, von ihnen an die Vorgänge in der Poststation von Ischim erinnert zu werden. Außerdem wollte er allein bleiben, um handeln zu können, sobald sich eine günstige Gelegenheit ergab. Nur nicht auffallen, das war alles!

Jolivet und Blount hingegen waren unzertrennlich. Von dem Moment an, da sein Kollege verwundet worden war, hatte Jolivet das Kriegsbeil begraben und Harry Blount geradezu liebevoll versorgt. Wenn auch der Brite anfangs diese Fürsorge nur widerstrebend ertrug, so wäre er auf dem mehrstündigen Marsch von Kolyivan ins Lager zweifellos zusammengebrochen, hätte Jolivet, den sein angeborener Optimismus auch in dieser prekären Lage nicht im Stich ließ, ihm nicht unter die Arme gegriffen und ihn mit munteren Reden aufgemöbelt.

Jolivets erste Sorge, als sie sich endgültig eingesperrt sahen, galt denn auch Blounts Verletzung. Geschickt zog er ihm die Jacke vom Leib und untersuchte die Wunde.

»Keine Angst, mein Lieber«, beruhigte er den stöhnenden Sohn Albions, »es ist nur eine Schramme, ein Streifschuß, das kommt in den besten Familien vor. Gleich legen wir einen Verband an.«

»Und wo wollen Sie den hernehmen?«

»Das werden Sie schon sehen.«

»Haben Sie etwa Medizin studiert?«

»Jeder Franzose ist Arzt«, sagte Jolivet, zog sein Taschentuch hervor, riß es in zwei Teile, holte aus einem nahen Brunnen Wasser, wusch die Wunde aus und legte einen Verband an.

»Na, ich weiß nicht ...«, wandte Blount ein. Er mißtraute den Künsten seines Kameraden. Doch Jolivet wußte ihn zu beschwichtigen:

»Oh, klares Wasser schadet nie, hat noch nie geschadet. Schon vor 6000 Jahren haben es die Sumerer so gehalten, und dann die Babylonier, die Ägypter, die Phönizier, die alten Griechen, Hippokrates von Kos, Stammvater der modernen Medizin, hat schon 430 vor Christus, überlegen Sie mal, gesagt ...«

»Ich meine das Taschentuch«, entgegnete Blount mit schwacher Stimme.

»Ach so«, sagte Jolivet und kratzte sich am Kopf, »es war nur zweimal gebraucht. Aber was wollen Sie eigentlich? Soll ich Ihnen helfen oder nicht?«

»Ja, doch. Vielen Dank.«

»Bitte, nicht der Rede wert. Und jetzt bleiben Sie schön ruhig liegen. Keine Aufregung, absolute Schonung der Nerven!«

»Sehr witzig«, murmelte der Brite und streckte sich ins Gras, »sagen Sie mal, glauben Sie, daß unsere Telegramme über die russische Grenze gelangt sind?«
»Warum nicht?« erwiderte Alcide Jolivet, »Madeleine Jolivet in Paris weiß ganz sicher schon, was sich hier abgespielt hat.«
»Madeleine Jolivet?«
»Ganz recht, so heißt meine Cousine!«
»Mal ernsthaft, Jolivet, das mit der Cousine ist doch eine Albernheit, für welche Zeitung schreiben Sie eigentlich?«
»Ach, machen Sie sich darüber keine Gedanken, Sie werden es nie erfahren. Sie sollten lieber versuchen zu schlafen.«
»Kann nicht«, seufzte Blount. Aber wenig später schnarchte der Engländer wie tausend Russen.
Vier Tage vergingen, und nichts änderte sich am Stand der Dinge. Zwar wurde allerlei von einem baldigen Aufbruch der Tataren gemunkelt, von dem bevorstehenden Marsch nach Tomsk, doch offensichtlich wartete Feofar-Khan noch auf Iwan Ogareff, dessen Anrücken ebenfalls Anlaß zu Gerüchten gab.
Die Gefangenen wurden streng bewacht und entgegen allen Regeln der Genfer Konvention von 1864 behandelt. Zweimal am Tage warf man ihnen gebratene Ziegengedärme vor, ein zäher, nahezu unverdaulicher Fraß, den Blount gleichgültig kaute, Strogoff ohne Appetit verzehrte, an dem der Feinschmecker Jolivet bis zu drei Stunden angeekelt würgte.
»Franzose zu sein, verpflichtet«, pflegte er zu sagen, wenn der Bissen endlich verschluckt war.
Leider regnete es häufig und heftig. Das war das Schlimmste, denn die Gefangenen kampierten ja unter freiem Himmel, und da sich unter ihnen Kranke, Frauen und Kinder befanden, waren bald die ersten Todesfälle zu beklagen. Die Leichen wurden in Gruben verscharrt, die von den Gefangenen mit bloßen Händen ausgehoben werden mußten. Unter diesen Umständen bestand erhebliche Seuchengefahr.
»Ruhr, Cholera, Beulenpest, Pocken! Wir müssen hier raus!« sagte Jolivet.
»Aber wie?«
»Unsere Chance heißt Iwan Ogareff. Der Kerl ist zwar ein Erzhalunke, wie es scheint, aber früher war er jedenfalls Oberst beim Zaren, und vielleicht erinnert er sich noch dunkel an das, was man Kriegsrecht nennt. Es ist ganz und gar unüblich, Reporter aus dem neutralen Ausland einzusperren ...«

»Besonders, wenn es sich um Bürger des United Kingdom handelt«, ergänzte Blount zustimmend.
»Wieder gesund?« fragte Jolivet bissig.
»Ich bin für die Pressefreiheit!« rief Harry Blount emphatisch aus.

16

Am 12. August trat jenes Ereignis ein, das Michael Strogoff mit soviel Spannung und geheimer Furcht erwartete, das Blount und Jolivet so sehnlichst herbeiwünschten. An diesem strahlenden Morgen tauchte eine Staubwolke am Horizont auf. Die Trompeten wurden geblasen, die Trommeln gerührt und die Kanonen abgefeuert. An der Spitze mehrerer tausend Mann zog Iwan Ogareff in das Tatarenlager ein.
Es war ein ganzes Armeekorps, das der Verräter dem Heer des Emir zuführte, Artillerie, Kavallerie und Infanterie. Außerstande, sich des oberen Viertels von Omsk zu bemächtigen, hatte der Belagerer schließlich die Geduld verloren und den Entschluß gefaßt, seinen eigentlichen Plan, die Eroberung von Ostsibirien, nicht länger hinauszuschieben. Er hatte also Omsk verlassen, nicht ohne eine ausreichend starke Besatzung dort zu postieren, und hatte sich auf den Weg gemacht, um sich mit dem Sieger von Kolyivan zu verbünden, mit vereinten Kräften den Vorstoß zu wagen.
Außer seinen Soldaten brachte Ogareff eine große Zahl Gefangener in das Lager Feofars, die ihm teils in Omsk, teils in Kolyivan in die Hände gefallen waren. Diese Bedauernswerten wurden nicht in den schon vorhandenen – bereits überfüllten – Pferch gesperrt, sondern mußten ohne Obdach und so gut wie ohne Nahrung vor den Toren des Lagers unter scharfer Bewachung kampieren. Welches Schicksal hatte Feofar-Khan diesen unglücklichen Menschen zugedacht? Wollte er sie in Tomsk internieren, verhungern lassen oder nach tatarischem Brauch niedermetzeln? Das wußte allein der launische Emir!
Die Truppe Ogareffs hatte sich während ihres Marsches nach Kolyivan um eine vielköpfige Menge von Bettlern, Händlern,

Marketenderinnen und Zigeunern vermehrt, wie sie gewöhnlich die Nachhut eines Heeres bilden. Dieses parasitäre Gesindel lebte von dem, was die Soldaten übriggelassen hatten, vom Stehlen, Plündern und Brandschatzen — ein Volk von Hyänen und Aasgeiern, das sich über den Kadaver hermacht, sobald der Löwe satt ist. Wo sie gewesen waren, blieb nichts als nackte Wüste zurück. Schon ihretwegen ergab sich für Feofar und Ogareff die Notwendigkeit, rasch nach Osten vorzudringen. Denn in den Landstrichen zwischen Ischim und Ob war nichts mehr zu holen, weder Proviant noch andere Beute.

Wie die Leser schon vermutet, befand sich unter diesen Schmarotzern auch die Zigeunertruppe, der Michael Strogoff auf der *Kaukasus* begegnet war. Sangarre war mit von der Partie. Ränke schmiedend und spionierend folgte sie ihrem Herrn und Meister, eine Hündin, die dem Verräter mit Leib und Seele ergeben war, wenn auch nicht nur aus uneigennützigen Motiven. Der Feind Michael Strogoffs wußte die Dienste Sangarres und ihrer Mädchen zu schätzen, und er bezahlte gut. Hundert Augen und Ohren waren stets für seine Sache tätig.

Iwan Ogareff, mit undurchdringlicher Miene wie immer, erwiderte die ehrerbietigen Grüße der zu seinem Empfang entsandten tatarischen Würdenträger kühl. Aufrecht, stolz und nicht ohne Würde saß er auf seinem Pferd. Daß er nach wie vor die schlichte, russische Offiziersuniform trug, war in Anbetracht seiner Handlungen mehr als eine Unverschämtheit. Oder wollte der Verbündete Feofar-Khans damit zu erkennen geben, daß er noch nicht völlig zum Tataren geworden war? Etwas wie Spott blitzte in seinen Augen auf, während er die sich verneigenden Adligen Bucharas musterte. Als er seinem Roß die Sporen gab, um durch das Tor des Lagers zu reiten, trat Sangarre aus der Menge der Schaulustigen hervor. Ogareff hielt an.

»Nichts?« fragte er.

»Nichts!«

»Geduld, Sangarre! In Tomsk wird die Alte sprechen!«

»Und wann werden wir dort sein?«

»In drei Tagen«, sagte Ogareff und ritt weiter.

Der Emir war ein hochgewachsener, langhaariger, bleicher, wilder, bösartiger, breitköpfiger, scharfnasiger und schlitzäugiger Mann von etwa 40 Jahren, dessen schwärzlicher Kinnbart, der infolge besonderer Pflege in drei Bärte unterteilt war, bis auf die Brust herabfiel. Feofar trug ein silberschuppiges Panzerhemd, ein mit kostbaren Steinen besetztes Wehrgehänge, eine funkelnde Säbelscheide, worin ein herrlicher Krummsäbel steckte, mehrere Zierdolche und auf dem Haupte einen Tatarenhelm, der wie tausend Feuer blitzte. Seine glänzenden Stiefel waren mit goldenen Sporen versehen, und überall an seiner Gestalt, ob oben, unten, hinten oder vorne, versprühten Edelsteine ihr köstliches, regenbogenfarbenes Licht. Alles in allem entsprach also seine ebenso seltene wie seltsame Erscheinung ganz der Vorstellung, die man sich von einem Sardanapal zu machen hat.

»Ich habe keine Fragen an dich zu stellen, Iwan. Du wirst hier nur Ohren finden, die deinen Worten wohlgeneigt sind. Sprich also, Freund des tatarischen Volkes!«

»Takhsir«, antwortete Iwan Ogareff, indem er die mit ›Majestät‹ gleichbedeutende Anrede benutzte, »für unnütze Worte bleibt nicht die Zeit. Was ich an der Spitze deiner Truppen vollbracht habe, weißt du. Ischim und Irtysch sind jetzt in unserer Gewalt. Die Kirgisenhorden haben sich auf Feofars Ruf erhoben, und die sibirische Heerstraße gehört dir von Ischim bis Tomsk. Du magst also nun deine Truppen gen Sonnenaufgang führen oder gen Sonnenuntergang. Tue, was dir beliebt!«

»Und welchen Rat gibt dir deine Hingabe zur Sache der Tataren ein?« fragte nach langem Schweigen der Emir, der den Worten Ogareffs aufmerksam gelauscht hatte:

»Mein Rat lautet: der Sonne entgegen! Denn das bedeutet Weidegras für die tatarischen Rosse, das bedeutet die Eroberung von Irkutsk, der reichen Hauptstadt der östlichen Provinzen. In Ermangelung des Sultans von Petersburg wird dir sein Bruder, der Großfürst, in die Hände fallen und als Geisel dienen. Ziehe gen Osten, oh Takhsir!«

»Weisheit spricht aus dir!«

»Wie also lauten deine Befehle?«

»Noch heute soll unser Hauptquartier nach Tomsk verlegt werden!« sagte Feofar-Khan, erhob sich von seinem Diwan, trat auf Iwan Ogareff zu und küßte ihn auf die Stirn – ein Ritual, über dessen Bedeutung sich dieser im klaren war. Der ehemalige Oberst der zaristischen Armee war damit zum Stellvertreter des Khans ernannt worden. Iwan Ogareff verneigte sich tief und zog sich, vom Husch-Begi begleitet, zurück, um die Anweisungen des Emirs auszuführen.

Als er aus dem Zelt getreten war und sich auf sein Pferd schwingen wollte, hörte man plötzlich aus dem Gefangenenlager tumultartigen Lärm. Ein paar Schüsse fielen. War unter den Internierten eine Revolte ausgebrochen?
Iwan Ogareff und der Husch-Begi griffen zu ihren Waffen, winkten den Wachen mitzukommen und eilten davon, die Unruhe im Keim zu ersticken. Da stürzten zwei Männer auf sie zu, die sich auch von den Soldaten nicht aufhalten ließen. Es waren Alcide Jolivet und Harry Blount, die seit Ogareffs Ankunft im Lager verlangt hatten, vor ihn geführt zu werden. Die Wachen hatten es ihnen verweigert. Infolgedessen Kampf, Handgemenge, geglückte Flucht, Schüsse, die jedoch keinen der beiden Journalisten getroffen hatten. Doch ihre Tage wären gezählt gewesen, hätte sich nicht der Stellvertreter des Emirs mit einer Handbewegung, die den Posten Einhalt gebot, für sie verwandt. Schon hatte der Husch-Begi den Befehl erteilt, ihnen die Köpfe kurzerhand und auf der Stelle abzuschlagen. Doch der Russe hatte erkannt, daß die Gefangenen Ausländer waren.
»Wer sind Sie, meine Herren?«
»Den kennen wir doch! Das ist doch der Schreihals von Ischim!« flüsterte Jolivet seinem Kollegen ins Ohr. »Tun Sie mir den Gefallen, Blount: reden Sie mit ihm! Mir ist dieser Bursche derart unsympathisch, daß ich alle Regeln der Diplomatie bei seinem Anblick vergessen habe!«
»Wir sind Journalisten«, sagte Blount ohne eine Spur von Unterwürfigkeit im Ton, »dieser Herr ist Franzose, und ich bin Brite!«
»Ihre Papiere!«
»Bitte, hier sind unsere Beglaubigungsschreiben.«
Iwan Ogareff nahm die Ausweise, die Blount ihm reichte, mit der routinierten Geste eines Zollbeamten entgegen. Er las sie aufmerksam durch und fragte:
»Wünschen Sie die Erlaubnis, unseren Operationen in Sibirien zu folgen?«
»Vor allem wünschen wir unsere Freiheit!«
»Frei sind Sie, meine Herren«, erklärte Iwan Ogareff, und in diesem Augenblick wirkte er sogar liebenswürdig, »es wird mir ein Vergnügen sein, Ihre Berichte im *Daily Telegraph* zu lesen!«
»Wenn er sich da nicht irrt!« flüsterte Jolivet.

»Sixpence die Nummer«, antwortete Blount gelassen, »Zustellungsgebühren extra.«
Iwan Ogareff zuckte nicht mit der Wimper, riß sein Pferd herum, preßte ihm die Sporen in die Weichen, sprengte an die Spitze seiner Eskorte und war bald in einer Staubwolke verschwunden.
»Nun, Monsieur Jolivet, wie denken Sie über den Generalfeldmarschall der tatarischen Armeen?«
»Was ich denke? Daß dieser Husch-Begi eine imponierende Gebärde gemacht hat, als er befahl, uns den Kopf abzuschlagen!«
»Kann ich nicht finden, war mir ekelhaft«, sagte Blount und schüttelte mißbilligend den Kopf, »und was machen wir nun mit unserer Freiheit?«
»Mißbrauch treiben«, meinte Jolivet und lachte.
Indessen bedeutete Iwan Ogareffs Gegenwart, die den beiden Zeitungsleuten wieder zur Freiheit verholfen hatte, für Michael Strogoff eine ernsthafte Gefahr. Was immer den Verräter dazu bewogen haben mochte, den Journalisten seine Großzügigkeit zu beweisen, der Kurier des Zaren durfte auf eine solche menschliche Regung nicht hoffen. Ganz im Gegenteil! Sollte ein böser Zufall die beiden unversöhnlichen Feinde zusammenführen, so würde Ogareff mit Sicherheit in dem Gefangenen jenen Mann erkennen, mit dem er in Ischim aneinandergeraten war, und diese Erinnerung würde zweifellos seine Aufmerksamkeit wecken, eine Aufmerksamkeit, die dem vom Schicksal so hart Geprüften leicht zum endgültigen Verhängnis werden konnte.
Aber jede Wurst hat zwei Enden. Eine glückliche Folge der Ankunft von Iwan Ogareff war der Befehl des Emirs, noch am selben Tage das Lager abzubrechen und mit seiner Verlegung nach Tomsk zu beginnen. Ohne es zu ahnen, kam man damit den Wünschen Michael Strogoffs entgegen, der auf diese Weise verhältnismäßig ungefährdet eine Strecke von rund 200 km auf seinem Wege nach Irkutsk zurücklegen würde.
Um 2 Uhr nachmittags, die Hitze eines wolkenlosen Hochsommertages flimmerte über den endlosen Ebenen Zentralasiens, gab der Toptschi-baschi den Befehl zum Aufbruch.
Alcide Jolivet und Harry Blount waren um diese Zeit schon unterwegs. Sie hatten sich Pferde besorgt und eilten den grauen Kolonnen, die sich nun wie schwerfällige Tausendfüßler durch die Steppe schlängelten, voraus nach Tomsk.

Unter den Gefangenen befand sich auch eine alte Frau, deren geduldige Schweigsamkeit im allgemeinen Lamentieren und Wehgeschrei der Menge jedem Beobachter auffiel. Kein Laut der Klage kam über die Lippen dieser schmerzgebeugten Greisin. Sie schien ein wanderndes Standbild der Demut zu sein, ein Mensch, der auch im tiefsten Elend seine Würde nicht verliert.
Trotz ihres hohen Alters mußte sie wie alle anderen zu Fuß laufen. Man machte mit ihr nicht nur keine Ausnahme, sondern hatte es offensichtlich darauf abgesehen, sie in besonderem Maße zu erniedrigen und zu quälen. Bemerkte die Greisin nicht, daß sie von der Zigeunerin Sangarre unablässig bespitzelt und angetrieben wurde, oder kümmerten sie dergleichen Dinge nicht? Jedenfalls konnte aus dem Gleichmut, mit dem sie ihr Leid ertrug, nur geschlossen werden, daß ihr ein noch größeres Unglück widerfahren war als die tatarische Gefangenschaft. Doch eine gütige Fügung des Schicksals hatte der Mutter Michaels eine mutige und barmherzige Helferin zugesellt. Eine der Gefangenen, ein junges und schönes Mädchen, dessen unnahbare Ruhe jedermann Respekt abnötigte, schien sich die Aufgabe gestellt zu haben, für die Greisin zu sorgen. Kaum ein Wort war zwischen den beiden Frauen gewechselt worden, und dennoch war das Mädchen immer zur Stelle, wenn sein Beistand benötigt wurde. Es stützte die alte Frau, wenn der Weg uneben, steil oder morastig war, brachte ihr Trinkwasser und Essen, geleitete sie in der Dunkelheit oder bereitete abends ein Lager auf der Erde. Anfangs war die Alte der Unbekannten mit vorsichtigem Mißtrauen begegnet. Allmählich jedoch, von der unaufdringlichen Freundlichkeit dieses Mädchens eingenommen und durch jene Sympathie bezwungen, die gemeinsam ertragenes Leid entstehen läßt, hatte sich Marfa Strogoffs Abneigung gegeben und war der Dankbarkeit gewichen. Nadja — denn sie war es — hatte auf diese Weise, ohne Michael Strogoffs Mutter zu kennen, deren Zuneigung gewonnen.
Die junge Livländerin war, nachdem die tatarischen Flußpiraten sie geraubt hatten, zunächst nach Omsk und später wie alle Gefangenen des Iwan Ogareff in die Nähe von Kolyivan verschleppt worden. Zwei strapazenreiche Wochen lagen hinter ihr, als am 12. August der Marsch durch die Steppe begann, zwei Wochen voller Verzweiflung und Kummer, und es war ein Wunder, daß sie nicht unter den Schlägen, die ihr ein böses Geschick tagtäglich versetzte, zusammengebrochen war. Ver-

mutlich war es weniger körperliche als vielmehr moralische Kraft, was Nadja aufrecht hielt. Doch zweifellos zeigte sie auch eine erstaunliche Geschicklichkeit, ein bewundernswertes Talent, sich zu behaupten, da sie es verstand, den Gefahren aus dem Wege zu gehen, denen sie in ihrer Lage so hilflos ausgesetzt zu sein schien. Ein junges und schönes Mädchen allein unter Tataren – das konnte leicht schiefgehen. Aber wenn nun dieses Mädchen stets in Begleitung einer alten Frau auftritt, offenbar seiner Großmutter?!

Es schmälert Nadjas Verdienste durchaus nicht, wenn man sagt, daß sie Marfa Strogoffs Nähe suchte, weil sie bei ihr einen gewissen Schutz zu finden hoffte.

Einmal hatte sie ein Stück Krutt ergattert, jenen aus saurer Schafmilch bereiteten Käse, der das Hauptnahrungsmittel der Kirgisen bildet und den sie gewöhnlich mit Stutenmilch verrühren, bevor sie ihn essen. Wie jeden Bissen, so teilte Nadja auch diesen mit der alten Marfa.

»Gott lohne es dir, meine Tochter!«

Und unwillkürlich, angesichts des sie umgebenden Elends und in Gedanken an die Enttäuschungen, die sie erlebt hatte, fragte sich Nadja da, ob es denn überhaupt einen Gott geben könne, wenn er es zuließ, daß ... Der Zorn übermannte ihre Trauer.

»Gott kennt nur Strafen!« rief sie aus. Tränen standen in ihren Augen, und die Gefühle überwältigten sie. Sie begann ihre traurige Geschichte zu erzählen, redete sich den Kummer vom Herzen.

Und ihre Geschichte schien wirklich nur eine einzige Folge von Katastrophen zu sein. Das gestand sich Marfa Strogoff ein, während sie geduldig und voller Mitleid zuhörte:

Die Verbannung des Vaters, Krankheit und Tod der Mutter in Riga, Abschied von der Heimat, allein auf dem Wege nach Irkutsk, ein Unwetter im Uralgebirge, der Verlust des Reisegefährten und Beschützers, den Nadja in den Fluten des Irtysch ertrunken glaubte. Ausführlich berichtete das Mädchen von dem Kaufmann Korpanoff, von seiner Güte und Stärke, von den Taten, die er vollbrachte, bevor er sein tragisches Ende fand, verschwieg auch nicht, was sich seinerzeit in Ischim zugetragen hatte.

»Bruder nannte ich ihn«, endete Nadja ihre Erzählung und schlug die Hände vor das Gesicht. Mit ihrer Selbstbeherrschung war es vorbei. Sie schluchzte.

»Wie sonderbar«, sagte Marfa, »dieser Korpanoff . . . erzähle mir mehr von ihm! Hieß er denn tatsächlich Nikolas Korpanoff? Bist du dir da ganz sicher, meine Tochter?«
»Warum sollte er mich getäuscht haben? Er war so durch und durch ehrlich! Nein, Nikolas hätte mich niemals beschwindelt! Dafür möchte ich meine Hand ins . . .«
»Und mutig war er?«
»O ja! Und wie!« rief Nadja, »der war so unerschrocken wie sonst keiner. Zum Beispiel als er damals den Bären mit dem Messer erledigt hat. Wie er das gemacht hat!«
»Du hast gesagt, daß ihn nichts aufhalten konnte, daß nichts ihn aus der Ruhe bringen konnte . . . und doch sei er bei aller Kraft so zärtlich, so lieb gewesen? Das hast du doch gesagt, nicht wahr? Liebreich wie eine Schwester, stark wie ein Bruder, freundlich und beschützend wie eine Mutter?«
»Genauso war er! Bruder, Schwester, Mutter und . . . Er war alles, alles zugleich!«
»Sonderbar, sonderbar«, murmelte Marfa Strogoff mehrmals, »war er auch ein Löwe, dich zu verteidigen?«
»Löwe, Schwester, Bruder und Mutter! Er war ein Held, ein Übermensch! Wie schade, daß er schon tot ist!«
»Aber wie war das in Ischim? Da hat er sich, sagst du, beleidigen und verprügeln lassen, ohne aufzumucken?«
»Ja«, flüsterte Nadja und senkte den Kopf.
»Er hat es ertragen, hingenommen?«
»Ja, Mutter!« rief Nadja. »Er hat es still ertragen. Er hat es hinuntergeschluckt, der Ärmste.«
»Das darf nicht wahr sein!«
»Doch, so war es«, sagte Nadja, »aber du solltest ihn deshalb nicht verachten! Irgendein Geheimnis, ein Rätsel umgab diesen Mann. Ich ahne es nur. Manchmal sprach er von Pflicht, von Gehorsam, und immer hatte er es eilig. Es mußte alles so schnell gehen. Wer weiß, warum?«
»War er groß?«
»Fast 1,90 m.«
»Und sehr schön, nicht wahr?«
»Nun ja«, antwortete Nadja errötend.
»Dann war es mein Sohn!« jubelte die Greisin plötzlich und umhalste die junge Livländerin stürmisch.
»Wer?« Nadja war verblüfft.
»Mein Sohn!«

»Dein Sohn?«
»Natürlich! Er und kein anderer! Doch nun erzähle weiter, liebes Mädchen! Fasse dich! Dein Freund und Beschützer, hatte er nicht auch eine Mutter? Hat er nicht manchmal von seiner alten Mutter gesprochen? So rede doch!«
»Ach ja«, sagte Nadja, »jetzt erinnere ich mich. Von seiner Mutter habe ich gehört. Als ich ihm einmal von meinem Vater erzählte, da hat er mir gesagt, er habe ein liebes Mütterchen in Omsk. O ja, er hat sie verehrt, seine Mutter! Er liebte sie heiß und innig! Sie war sein ein und alles!«
»Nadja, Nadja! Es war mein Sohn! Kein Zweifel mehr möglich. Er war es, er ist es! Aber nun sage, durfte er sie denn nicht besuchen, seine Mutter, als er durch Omsk fuhr? Diese Mutter, der doch, wie du selbst sagst, seine ganze Liebe gehörte?«
»Hm ... nein, das durfte er nicht!«
»Was? Schämst du dich gar nicht? Das wagst du mir zu sagen?«
»Es ist die reine Wahrheit, was ich dir sage. Sei mir deswegen nicht böse. Und auch ihm nicht. Er wird schon seine Gründe gehabt haben, Gründe, die mir nicht bekannt sind. Ich vermute, es war ein dienstlicher Befehl, so etwas Ähnliches, vielleicht Verschleierungstaktik. Bei ihm ging es immer um Leben und Tod.«
»Dienst, Pflicht, Leben, Tod, Eile ... Geheimnis«, murmelte die Greisin, und plötzlich leuchtete es in ihren Augen, »ich glaube, ich weiß es. Ich hab's!«
»Was?«
»Alles!« rief Marfa, »Nadja, du hast Licht in die Finsternis meines Herzens gebracht, und ich danke dir dafür. Eine Pflicht, ja, eine Pflicht, um derentwillen man jedes Opfer bringt ... Ja, jetzt weiß ich es. Und ich werde das Geheimnis meines Sohnes hüten, Nadja! Keine Folter wird es mir entreißen!«
Tatsächlich war die Mutter Michael Strogoffs der Wahrheit auf die Spur gekommen. Daß der Reisegefährte des jungen Mädchens ihr eigener Sohn gewesen war, daran zweifelte sie nicht mehr, und dank ihres mütterlichen Instinktes und ihres ungewöhnlich gut entwickelten Kombinationsvermögens hatte sie auch die Lösung für Michael Strogoffs merkwürdiges Verhalten gefunden.
»Eine Nachricht, eine Meldung von höchster Wichtigkeit«,

sprach sie zu sich selbst, »mein Kind, mein Sohn, du Kurier des Zaren! Nein, ich werde dich nicht verraten. Niemand soll erfahren, daß du es gewesen bist, den ich in Omsk gesehen habe!«
Marfa Strogoff hätte nun mit einem einzigen Wort Nadja für all die aufopferungsvolle Pflege danken können. Wie glücklich wäre das Mädchen gewesen, wenn es erfahren hätte, daß Nikolas Korpanoff nicht in den reißenden Fluten des Irtysch ertrunken war, sondern wenige Tage nach seinem vermeintlichen Tode lebendig und bei guter Gesundheit in Omsk gesehen worden war. Doch Marfa Strogoff schwieg.
»Hoffe«, sagte sie, »hoffe, meine Tochter! Die Trauer, die ich trage, gilt meinem Sohne nicht!«

17

Was die beiden Frauen, während sie sich so unterhielten, nicht wissen konnten: gar nicht so weit von ihnen entfernt, nämlich in derselben Kolonne marschierte derjenige, dem alle ihre Sorgen galten, marschierte Michael Strogoff.
Der Zug der Gefangenen hatte allerdings eine Länge von mehreren Kilometern, umfaßte einige tausend Personen, Soldaten und Zivilisten, Russen und Sibirier, Alte und Junge, eine unübersehbare Menge. Sie alle umzubringen, wäre ein gutes Stück Arbeit für die Tataren gewesen. Sie schienen es lieber der Sonne, dem Hunger und dem Durst zu überlassen, die Schar der Unglücklichen zu dezimieren, von denen etliche, weil sie für gefährlich gehalten wurden, wie Verbrecher an eine Kette gefesselt waren. Andere, hauptsächlich Frauen und Kinder, waren an Pferde gebunden oder gehängt worden, und man schleifte sie wie Vieh über Stock und Stein. Reiter, die den Zug begleiteten und bewachten, achteten scharf darauf, daß ein bestimmtes Tempo eingehalten wurde. Wer schlappmachte, wurde aus den Reihen der Elenden verstoßen und blieb am Wegesrand liegen. Zu Hunderten säumten die Körper der Erschöpften, Sterbenden und Getöteten die Straße, eine Beute der Steppenwölfe, eine Mahlzeit für Geier und Wanderratten, ein Bild des Grauens.

Nadja und Marfa, die ziemlich am Ende des Zuges gingen, vermochten das Los der Unglücklichen nicht zu lindern. Stummes Entsetzen erfaßte sie, Angst spornte ihre Kräfte an.
Bis zum nächsten Fluß, dem Tom, waren es nur 70 km, etwas mehr als ein Tagesmarsch, und dort hätte es Wasser im Überfluß für die Durstenden gegeben. Aber den Bewachern des Zuges war befohlen worden, den kürzesten Weg zu nehmen, denn die Tataren befürchteten einen Angriff russischer Truppen, die sich von Norden her näherten. Also wurde kein Umweg gemacht. Man blieb auf der großen sibirischen Heerstraße, die in gerader Linie auf Tomsk zuführt – quer durch die Steppe und unter einer alles versengenden Sonne.
Ebenso wie Nadja allzeit bereit war, der greisen Sibirierin zu helfen, so leistete auch Michael Strogoff, den die Tataren nicht gefesselt hatten, überall Samariterdienste. Er sprach jenem Mut zu, besorgte diesem Trinkwasser, stützte hier einen Entkräfteten, behandelte dort einen Kranken und gab durch sein insgesamt vorbildliches Verhalten ein Beispiel, das allen, die mit ihm an der Spitze der Kolonne wanderten, unvergeßlich bleiben sollte. Die tatarischen Bewacher behinderten ihn kaum in seinem Bemühen, die allgemeine Moral zu heben. Es lag ihnen schließlich daran, den Gefangenentransport zu beschleunigen. Das Oberkommando hatte nur drei Tagesmärsche bis Tomsk veranschlagt.
Doch am 15. August, die Sonne stand bereits tief am Himmel, erreichte die Kolonne erst den kleinen Ort Zabediero, und von dort waren es noch 40 Kilometer bis Tomsk. Hier gelangte die Straße endlich an den Tom, jenen Nebenfluß des Ob, der der Metropole Südsibiriens ihren Namen gibt. Eine entsetzliche Durststrecke lag hinter dem Zug der Gefangenen.
Am liebsten hätten sie sich gleich in das klare Wasser dieses Flusses gestürzt. Aber die Wächter achteten streng darauf, daß die Marschordnung eingehalten wurde, bis das Lager abgesteckt und von Posten umstellt war. Denn ist auch die Strömung des Tom um diese Jahreszeit, wenn in den südlich der Steppe gelegenen Gebirgen die Schneeschmelze immer noch anhält, reißend und selbst für einen geübten Schwimmer gefährlich, so hätte sie doch die Flucht eines Verwegenen oder Verzweifelten ermöglichen können.
In Zabediero hatte man Boote beschlagnahmt, und mit ihrer Hilfe wurde eine Sperre über den Tom gelegt, die niemand

hätte durchdringen können. Ein dichter Kordon von Posten umstellte das Lager auf dem Lande. Hinter ihm lauerten berittene Streifen.
Michael Strogoff, der jetzt natürlich mit dem Gedanken spielte, sich hinaus in die Steppe zu flüchten, erkannte nach sorgfältiger Prüfung der Lage, daß seine Fluchtpläne unter diesen Umständen so gut wie zum Scheitern verurteilt waren. Und da er nicht die Absicht hatte, sein Leben unnötigerweise zu riskieren, wartete er ab.
Die Nacht verbrachten die Gefangenen an den Ufern des Tom. Der Emir hatte nämlich den Einmarsch seiner Truppen in Tomsk auf den folgenden Tag verschoben. Wie alle orientalischen Despoten liebte auch Feofar-Khan Prunk und Pomp. So hatte er den Befehl gegeben, den Einzug der siegreichen tatarischen Armee entsprechend zu feiern, und er hatte es sich nicht nehmen lassen, die Vorbereitung dieses Festes höchstpersönlich zu leiten, hatte also sein Hauptquartier in der Stadt bereits aufgeschlagen, während der größte Teil seiner Soldaten vor den Mauern ungeduldig wartete.
Seinen Stellvertreter hatte der Emir nach Zabediero entsandt, von wo aus er am frühen Morgen des folgenden Tages mit der Nachhut der tatarischen Truppen nach Tomsk ziehen sollte. Zum Glück hatte Iwan Ogareff in Zabediero selbst und nicht im Lager Nachtquartier bezogen. So brauchte Michael Strogoff nicht zu befürchten, dem Verräter zu begegnen.
Die Sonne war schon untergegangen, und die Dämmerung verzog sich bereits nach Westen, als man es den Gefangenen endlich erlaubte, sich zu erfrischen und auszuruhen.
»Rührt euch!« erscholl es barsch.
Und im selben Augenblick rannte alles zum Fluß. Das Ufer war belagert von einander stoßenden Russen und Russinnen. Die meisten Gefangenen hatten während des langen Marsches nicht einen einzigen Tropfen Wasser geschmeckt. Und dementsprechend war die Gier der Menge und ihr Lärmen, aber auch die Rücksichtslosigkeit, mit der man sich die vordersten Plätze streitig machte.
»Wasser! Wasser! Wasser!«
Marfa und Nadja warteten unter diesen Umständen, bis sich die Tränke allmählich entvölkerte. Wie durstig waren sie selbst! Wie sehr hatten sie diesen Augenblick herbeigesehnt! Beide beugten sich über das klare, wohlschmeckende Naß, und

Nadja schöpfte es mit der Hand abwechselnd für Marfa und sich.
»Hm, das schmeckt!«
»Mir auch!«
»So köstlich frisch!«
Als der größte Durst gelöscht war, richtete sich Nadja auf – und da entfuhr ihr plötzlich ein lauter, unartikulierter Schrei:
»Bruuuah!«
Dort, auf der Uferböschung – keine 10 m entfernt – wer stand da? Michael Strogoff und kein Gespenst! Jawohl, er war es! Lebendig und munter wie immer! Das letzte Abendrot beschien die hohe, kräftige Gestalt des Totgeglaubten.
Bei Nadjas Aufschrei war Michael Strogoff zusammengezuckt. Doch besaß er genügend Geistesgegenwart, sich nicht durch eine unbedachte Bewegung zu verraten. Als er aber neben Nadja auch noch seine Mutter erkannte, da war es um seine Ruhe geschehen. Das sonst so gut funktionierende Nervensystem erlitt einen totalen Zusammenbruch. Der Kurier des Zaren entfernte sich in schnellem Lauf und war bald in der Dunkelheit verschwunden.
»Er war es!« rief Nadja ganz außer sich und wollte Michael nachstürzen, doch Marfa hielt sie fest.
»Bleib, meine Tochter, bleib!«
In dieser Nacht fand Michael Strogoff keinen Schlaf. Unruhig wälzte er sich auf dem staubigen Lager, das er sich abseits der großen Masse der Gefangenen gesucht hatte. Wohl ein dutzendmal stand er auf, ging ein paar Schritte, legte sich dann wieder hin, überlegte hin und her, dachte nach und vor, kam zu keinem Ergebnis. Wäre es nicht einerseits seine verdammte Pflicht und Schuldigkeit gewesen, mit seiner Mutter und Nadja zu sprechen? Fühlte er nicht auch den Drang, die beiden Frauen in seine Arme zu schließen?
O ja!
Aber andererseits sagte ihm sein Verstand ... Was sagte ihm denn sein Verstand? Manchmal in dieser Nacht wußte es Michael Strogoff selbst nicht. Dann hörte er nur noch die Stimme seines Herzens und die rief:
»Nadja! Mutter!«
Doch indem er ein Übermaß logischer Kraft einsetzte, gelang es unserem Helden, diesen Ruf zu entschärfen, und als er schließlich gegen 4.30 Uhr in einen von rasenden Träumen

durchwebten Schlaf versank, da durfte er hoffen, daß diese unerwartete Begegnung im Lager von Zabediero weder für Nadja noch für ihn und auch nicht für seine Mutter irgendwelche schlimmen Folgen haben würde.

18

Zwanzig Minuten nach dem für alle Beteiligten so unerwarteten Zusammentreffen am Ufer des Tom erschien Sangarre vor dem Quartier Iwan Ogareffs in Zabediero und bat um eine Audienz. Sie brauchte keinen Moment zu warten. Der Stellvertreter des Emirs bat die Zigeunerin sogleich herein.

»Was gibt's, Sangarre?«

»Marfa Strogoffs Sohn ist im Lager!«

»Als Gefangener?«

»Jawohl.«

»Sieh an!« schrie Iwan Ogareff und schlug sich auf die Schenkel, »nun sieh mal einer an! Den Burschen werd' ich mir gleich mal vorknöpfen . . .«

»Kennst du ihn denn?«

»Mach's nicht so spannend! Wo hast du ihn gesehen?«

»Gesehen? Davon habe ich nichts gesagt. Seine Mutter habe ich beobachtet, gerade eben, am Fluß, als sie ihn durch eine bestimmte Bewegung verriet. Sie gab ihm ein Zeichen, einen Wink, und er muß ganz in ihrer Nähe gestanden haben, das sagt mir mein Gefühl. Ich habe ihn förmlich gerochen, diesen Strogoff, gesehen habe ich ihn nicht. Es war ja fast dunkel, die vielen Leute, das Gedränge und der Lärm, und dennoch sage ich dir . . .«

»Seit wann lieferst du Märchen ab?«

»Ich irre mich nie!«

»Sangarre, du weißt, wie wichtig mir diese Angelegenheit ist, du weißt, warum ich hinter dem Kerl her bin. Wenn der mit seiner Meldung nach Irkutsk kommt, wenn er diesen Schrieb dem Großfürsten gibt . . . nun ja, dann hat er mir die Chose vermasselt, und zwar gründlich. Der Großfürst wird auf der Hut sein, und ich werde mich bei ihm nicht blicken lassen dürfen. So ist es, und ich habe dir das schon zehnmal, was sage ich, zwanzigmal erklärt. Nun kommst du mit der wahrhaft umwerfenden Nachricht, dieser Agent sei hier im Lager, in meiner Gewalt, aber gesehen hat ihn noch niemand, nur gerochen ... Was soll das?«

»Glaubst du mir nicht?«

»Selbst wenn du recht hättest ... Im Lager sind ein paar tausend Mann. Sollen wir etwa nach Herrn Michael Strogoff aus Moskau ausrufen lassen? Abgesehen davon: es nützt uns wenig, wenn wir ihn, aber nicht den Brief des Zaren erwischen. Dieser Strogoff darf gar nicht erst gewarnt werden. Großangelegte Suchaktion kommt nicht in Frage. Was würdest du an seiner Stelle tun, wenn du merktest, daß man hinter dir her ist, daß man dich visitieren wird ...?«

»Ich würde das Papier ...«

»Verbrennen.«

»Oder verstecken oder verlieren!«

»Meinetwegen auch verschlucken«, sagte Iwan Ogareff, »aber jedenfalls vorher den Text lesen und auswendig lernen!«

»Das stimmt«, gab Sangarre zu.

»Na also!«

Einige Minuten herrschte Schweigen. Die Zigeunerin hatte sich auf ein Kanapee gesetzt und beobachtete Iwan Ogareff, der mißmutig und wie in Zweifeln befangen auf und ab ging. Im Zimmer war es fast dunkel. Von draußen hörte man Gelächter und Gesang. Einige der tatarischen Soldaten schienen die morgige Siegesfeier bereits vorwegzunehmen. Ogareff trat ans offene Fenster. Groß und schwarz, den Oberkörper leicht nach vorn gebeugt, stand er da. Seine Stiefel knarrten. Zugegeben: eine abwegige Idee, aber ganz entfernt ähnelte er in diesem Moment dem Fürsten von Bismarck.

»Paß auf«, sagte Sangarre, »es gibt einen Weg.«

»Ich höre!«

Am anderen Tag, dem 16. August, wurden die russischen Gefangenen frühzeitig, nämlich um 6 Uhr, von krächzenden Trompetenstößen aus dem Schlaf gerissen. Tatarische Soldaten hatten einen dichten Ring um das Lager gebildet. Überall starrte es von drohend blitzenden Waffen: Gewehre, Säbel, Lanzen, Spieße, Peitschen, Knüppel und Dolche, sogar Kanonen. Dann rasselten die Trommeln unheilverkündend, Kommandos wurden gerufen, vielmehr wurden in dem eigentümlich näselnden, mit zahlreichen Gutturallauten durchsetzten tatarischen Idiom gesungen. Wiederum krächzten die Trompeten, schmetterten Fanfaren, und dann ritt Iwan Ogareff mit seinem zahlreichen, prächtig geschmückten Gefolge, von Zabediero kommend, im Lager ein. Alle Blicke richteten sich auf ihn.

Die Miene des Verräters war an diesem zartblauen Morgen womöglich noch finsterer als gewöhnlich, dabei jedoch bleich und verzerrt, wohl auch unausgeschlafen, und sie verriet dem geübten Physiognomiker, daß in dem Stellvertreter des Emirs eine Stauung sadistischer Triebe stattfand, deren Entladung bevorstand.

In einer der Gefangenengruppen stehend, sah Michael Strogoff diesen Mann auf seinem unschuldigen Schimmel vorbeireiten. Eine furchtbare Ahnung beschlich ihn. Welche Katastrophe bereitete sich hier in aller Öffentlichkeit vor? Welchen Anschlag plante der gemeine Schurke? War ihm doch bekannt, daß Marfa die Mutter Michael Strogoffs war, des Hauptmanns im Leibregiment des Zaren. Das Ende der Familie Strogoff schien gekommen.

In der Mitte des Lagers machte Iwan Ogareff halt. Degenklirrend, stiefelstampfend, aufschnaubend sprang er vom Pferde, sah sich stechenden Blickes um und kraulte sich den rötlichen Bart, während die Reiter seiner Eskorte einen lebendigen Schutzwall um ihn schlossen. Plötzlich erschien Sangarre, übernächtigt, mit kleinen Zweigen und Blättern im ungekämmten Haar. Hatte sie wieder die Nacht über spioniert?

»Nichts Neues, Iwan!«

Ogareff dankte ihr kurz. Dann erteilte er mit schneidender Stimme einen Befehl, der von den Offizieren weitergegeben und unverzüglich von den Soldaten ausgeführt wurde. Mit brutalen Peitschenhieben, Lanzenstößen und Fußtritten trieben sie die Gefangenen zusammen und zwangen die Unglücklichen, sich in Reih und Glied aufzustellen. In wenigen Augenblicken war das geschehen. Niemand leistete Widerstand. Tiefe Stille trat ein.

Auf einen Wink Iwan Ogareffs setzte sich Sangarre in Bewegung. Ohne zu zögern, schritt sie geradewegs auf Marfa Strogoff zu, die gar nicht den Versuch gemacht hatte, sich in der Menge zu verbergen. Sie begriff, was geschehen würde, doch ein Lächeln der Verachtung spielte auf ihren Lippen. Sie hatte gerade noch Zeit, Nadja ins Ohr zu flüstern:

»Du kennst mich nicht mehr, verstanden? Kein Wort! Keine Bewegung! Es geht um ihn, nicht um mich. Leb wohl!«
Und in diesem Moment legte ihr Sangarre, nachdem sie Marfa eine Weile mit unverhohlener Schadenfreude betrachtet hatte, die Hand auf die Schulter.
»Was willst du?«
»Nun komm schon!«
Als die Mutter Michael Strogoffs vor Iwan Ogareff angelangt war, schlug sie die Arme übereinander und wartete. Sie stand kerzengerade.
»Du bist doch Marfa Strogoff?«
»Bin ich.«
»Weib, weißt du noch, was du mir in Omsk auf meine Fragen geantwortet hast?«
»In Omsk?«
»Ja, in Omsk, vor zwei Wochen.«
»Das ist zu lange her.«
»Und du weißt auch nicht, daß dein Sohn Michael, der Kurier des Zaren, am 29. Juli in Omsk gesehen wurde?«
»Von wem?«
»Von dir! Der Mensch, den du im Posthaus als deinen Sohn erkannt hast, willst du immer noch behaupten, daß er nicht dein Sohn war?«
»Er war es nicht.«
»Aha! Hast ihn seitdem auch nicht zufällig getroffen, he? Vielleicht hier? Unter diesen Gefangenen?«
»Nein.«
»Wenn ich ihn dir nun zeigen würde, deinen Sohn, würdest du ihn dann erkennen?«
»Wohl kaum«, antwortete die Greisin. In ihrer Stimme schwang Hohn und Triumph. Aus der Menge der russischen Gefangenen erhob sich beifälliges Gemurmel. Iwan Ogareff brachte es mit einer Handbewegung zum Verstummen. Sein Gesicht war vor Zorn gerötet.
»Hör mal gut zu, Mütterchen!« schrie er, »dein Hundesohn ist hier, auf diesem Platz, unter diesen Leuten, und du wirst ihn mir zeigen!«
»Nein!«
»Das werden wir noch sehen«, sagte Iwan Ogareff mit gespielter Gutmütigkeit, »wir veranstalten jetzt eine kleine Prozession. Alle diese Gefangenen, einer hübsch nach dem anderen,

werden jetzt an dir vorbeigehen, und wenn du mir nicht sagst, wer von ihnen der Kurier des Zaren ist ... weißt du, was dann passiert?«

Marfa Strogoff lächelte.

»Dann werde ich dir die Knute verordnen!« brüllte Ogareff so laut, daß man es noch im entferntesten Winkel des Lagers hörte, »für jeden Mann, der an dir vorbeigegangen ist, einen Hieb!«

Iwan Ogareffs Plan war nicht ohne Raffinesse. Obwohl er die Mutter mit Folterung bedrohte, war er doch eigentlich gegen den Sohn gerichtet. Wenn sich Michael Strogoff, wie Sangarre steif und fest behauptete, tatsächlich unter den Gefangenen befand, dann würde er sich zu erkennen geben – seiner Mutter zuliebe. Daß Marfa mit dem Leben abgerechnet hatte, daß sie nicht sprechen würde, das hatte Ogareff begriffen. Er hielt es aber für ausgeschlossen, daß der Sohn sich nicht wenigstens durch ein Zeichen der Erregung verraten würde.

Als die Gefangenen im Gänsemarsch an Marfa Strogoff vorbeidefilierten, stand die alte Frau unbeweglich, bewies mit ihrer Haltung völlige Gleichgültigkeit, ja Teilnahmslosigkeit. Sie richtete ihren Blick nicht auf die Gesichter der Männer, die ängstlich an ihr vorüberschlichen (denn jeder war in den Augen Ogareffs verdächtig), sondern betrachtete den Himmel, die weißen Wolken, das Grün der Bäume, die weit entfernten Silhouetten einiger Höhenzüge, Ausläufer des Sajansk- oder Altai-Gebirges, die im Dunst des Horizonts, violett in blau, verschwammen.

Die Prozession dauerte länger als eine halbe Stunde (wenn wir pro Mann 1 m berechnen, ergibt das einen Zug von etwa 3 km Länge). Kein Wort fiel währenddessen. Selbst Iwan Ogareff verhielt sich ruhig, beschäftigte sich damit, etwa jeden dritten scharf ins Auge zu fassen. Wie er so neben Marfa Strogoff stand, bald sie, bald die Gefangenen begutachtend, kam der abstruse Eindruck auf, er und Marfa seien Verbündete, und viele Russen wußten nicht, vor wem sie sich mehr fürchten sollten, vor der Frau oder dem Mann. Doch infolge ihrer Dauer verlor die Prozedur ihren Schrecken. Nichts als das Getrappel das Schlurfen der 6000 Füße war zu hören – ein einschläferndes Geräusch. Außerdem: die meisten hatten sowieso nicht begriffen, worum es eigentlich ging.

Michael Strogoff, der sich in einer der letzten Gruppen befand, war äußerlich unbewegt. Es gelang ihm vollkommen, seiner Gefühle Herr zu werden. Aber seine Handflächen bluteten von den Fingernägeln, die sich unaufhaltsam in das Fleisch gebohrt hatten. Als er endlich an seiner Mutter vorüberschritt, eiskalt wie immer, schloß Nadja die Augen. Sie war auf alles gefaßt. Doch nichts geschah.

Gar nichts!

Der vorletzte Mann, ein Muschik mit eisgrauem Bart, der unmöglich der Gesuchte sein konnte, tippelte verstört über den Platz, der letzte humpelte ein wenig, ging aber ganz gemessen und musterte Marfa Strogoff mit beleidigter Miene — plötzlich kam noch einer, schnell und aufgeregt, eher springend als laufend, die personifizierte Furcht.

Dann war Schluß. Das makabre Schauspiel hatte sein Ende gefunden, und ein Aufatmen ging durch die Menge. Aber alle waren irgendwie verlegen. Das Experiment war mißlungen, und da niemand sagen konnte, wen daran die Schuld traf, war das Unbehagen allgemein. Manche blickten ihren Nachbarn an, andere Iwan Ogareff und Marfa Strogoff oder Sangarre. Überall vorwurfsvolle Blicke.

Der Stellvertreter des Emirs gehörte zu denen, die auf Sangarre blickten. Er zwirbelte die Enden seines Schnurrbarts, als wollte er sich an etwas erinnern.

»Die Knute!« rief Sangarre plötzlich.

»Ja«, sagte Ogareff, »die Knute! Die Knute für diese Hexe! Sie soll verrecken!«

Gnädig ist die Aspisschlange, deren sich Königin Kleopatra zum Selbstmord bediente. Der Biß dieses Reptils tötet augenblicklich. Freundlich ist das Volk der Hornissen. Drei Hornissenstiche töten einen Menschen, sieben ein Pferd. Erträglich sind Galgen, Garrotte und Henkerschwert. Wer ihnen ausgeliefert wird, darf auf ein verhältnismäßig schnelles Ende hoffen.

Schrecklich ist allein die Knute. Rund hundertzwanzigmal muß der Scharfrichter zuschlagen, bis er den Delinquenten vom Leben zum Tode befördert hat. Die Knute ist eine Peitsche mit vielen Lederriemen, deren Enden mit Draht umwunden sind.

Zwei Soldaten packten die Greisin und warfen sie zu Boden. Marfa mußte sich hinknien. Das zerrissene Kleid entblößte ihren Rücken. Man stellte einen Säbel so vor sie hin, daß, wenn sie sich unter den Schmerzen gebeugt hätte, ihr die scharfe Spitze in die Brust gedrungen wäre.

Der Henker erschien.
Er wartete.
»Los!« schrie Iwan Ogareff.
Die Knute pfiff durch die Luft . . .
Aber ehe der tatarische Blutrichter den Rücken der Greisin treffen konnte, wurde ihm das gräßliche Strafwerkzeug von einer kräftigen Hand entrissen. Michael Strogoff stand neben ihm. Wenn er auch in Ischim, als ihn Iwan Ogareffs Peitschenhieb getroffen hatte, still geblieben war, hier, angesichts der Mutter, die auf so entsetzliche Weise gefoltert werden sollte, verlor er die Herrschaft über sich. Ogareff hatte erreicht, was er wollte.
»Michael Strogoff!« rief er und trat einen Schritt zurück. Erstaunen, jähes Verstehen malte sich in seinem Gesicht:
»Ach, der Mann von Ischim!«
»Ich bin es!« sagte Michael Strogoff, holte zu einem mächtigen Hieb aus und zerfetzte mit einem Schlag Iwan Ogareffs Gesicht.
»Zahn um Zahn!«
»Très bien! Fein zurückgezahlt!« rief die Stimme eines Zuschauers, die sich zum Glück im allgemeinen Tumult verlor.
Zwanzig Soldaten stürzten sich auf Michael Strogoff, ihn niederzumachen. Doch Iwan Ogareff, der vor Schmerz und Wut laut aufgebrüllt hatte, brachte sie zur Räson.
»Dieser Mann wird der Justiz des Emirs überstellt! Visitiert ihn!«
Das Schreiben mit dem Siegel des Zaren wurde bei Michael Strogoff gefunden. Es war ihm keine Zeit geblieben, es zu vernichten. Iwan Ogareff erhielt den Brief.
Der Zuschauer, der dem Wutausbruch Michael Strogoffs so lauthals Beifall gezollt hatte, war niemand anderer als Alcide Jolivet. Mit seinem Kollegen war er in Zabediero geblieben, und beide hatten das Drama von Anfang bis Ende miterlebt.
»Dunnerlüttchen!« sagte Jolivet, »diese Sibirier sind doch harte Burschen. Wer hätte das von diesem Korpanoff gedacht? Als Strogoff hat er sich aber prächtig revanchiert! Hut ab!«
»Na ja, Revanche, das schon«, meinte Harry Blount, »aber Strogoff ist ein toter Mann. Ein bißchen Disziplin wäre vielleicht besser gewesen. Control yourself.«
». . . und ruhig zugucken, wie die eigene Mutter unter den Knutenhieben stirbt?«

»Ach, glauben Sie, er hat ihr mit dieser Affekthandlung ein besseres Los verschafft?«
»Ich glaube nichts, ich weiß nichts«, sagte Alcide Jolivet, »außer, daß ich an seiner Stelle nicht anders, nicht besser gehandelt hätte. Zum Teufel noch mal! Manchmal muß man eben überkochen. Wenn der liebe Gott gewollt hätte, daß wir allzeit hübsch brav und ruhig bleiben und niemals aus der Haut fahren, dann hätte er uns Wasser, aber nicht Blut in die Adern gefüllt! Merde!«
»Vorsicht«, sagte Blount, »Sie platzen gleich.«
Inzwischen hatte Iwan Ogareff, nachdem er sich das Blut aus dem Gesicht gewischt hatte – es lief in Strömen – das Siegel aufgebrochen. Er las das Schreiben, las es lange, las es wieder und wieder, als wollte er sich jedes Wort einzeln einprägen.
Dann befahl er, Michael Strogoff dreifach zu fesseln und mit den anderen Gefangenen nach Tomsk zu bringen. Trotz seiner Verwundung übernahm er selbst das Kommando über die in Zabediero stationierten Truppen und machte sich unter dem ohrenbetäubenden Lärm der Trommeln und Trompeten auf den Weg nach Tomsk, wo der Emir schon auf ihn wartete.

19

Früher sagte man, Tomsk liege am Ende der Welt. Wer sich nach Tomsk begeben wollte, tat gut daran, vorher sein Testament zu machen. Heute wäre das pure Zeitverschwendung. Die Stadt, im Jahre 1604 gegründet, hat sich zu einem der wichtigsten Handels- und Wirtschaftszentren des asiatischen Rußland entwickelt: 250 000 Einwohner, breite Avenuen und weite Plätze, Equipagen, Banken, Verwaltungsgebäude, herrschaftliche Villen, 713 Millionäre, Damen, die nach der neuesten Pariser Mode gekleidet sind, eine meteorologische Beobachtungsstation; Konzerthaus und Gasometer stehen kurz vor ihrer Vollendung – und wenn erst die Eisenbahn von Nischnij-Nowgorod über Perm, Ischim und Omsk bis Tomsk gebaut ist, dann wird dieses »Paris Sibiriens« nicht länger nur ein Außenfort der europäischen Zivilisation sein.
Ist Tomsk eine hübsche Stadt? Die Meinungen der Touristen

zu dieser Frage gehen weit auseinander und reichen von »wunderhübsch« (Madame de Rossignol) bis »abgrundhäßlich« (Graf Nolte). Die Wahrheit liegt wie immer in der Mitte. Jedenfalls: wie sich die Stadt malerisch auf einem ziemlich steilen und langgestreckten Hügel lagert, ist nicht ohne Reiz. Aber die schönste Stadt der Welt verliert ihre Reize, wirkt abstoßend, wenn feindliche Horden sie besetzen und verunstalten — und dieses Schicksal hatte Tomsk getroffen. Die wenigen Kosakenbataillone, Infanteristen, die dort in Garnison lagen, hatten dem Heer Feofar-Khans keinen ernsthaften Widerstand leisten können, zumal sie in der Bevölkerung keinen Rückhalt fanden. Ein Großteil der Einwohner von Tomsk ist nämlich tatarischer Abstammung, und so waren die Eroberer von einer begeisterten Menge empfangen worden. Zur Zeit schien Tomsk nicht viel russischer zu sein als irgendeine Stadt in Kokand oder Buchara.

Die für die Siegesfeier vorgesehene Arena war ein kleines Plateau, 40 m über dem Tom auf einem Hügel gelegen. Rings um diese mit orientalischer Pracht geschmückte Bühne drängte sich buntes Völkergemisch, hörte man babylonisches Sprachengewirr. Es war, als hätten sich sämtliche Völker Zentralasiens auf den Ruf des Emirs erhoben, Mongolen, Perser, Afghanen, Sungaren, Burjaten, Tungusen, Chinesen — bloß Russen und Sibirier fehlten bei diesem feierlichen Empfang. Wer nicht hatte fliehen können, hielt sich in seinem Hause versteckt, war aber auch dort nicht vor den Tataren sicher.

Erst um 16.00 Uhr hielt der Emir Einzug in die Stadt. Bei seiner Ankunft setzte ein akustisches Chaos von unvorstellbaren Ausmaßen ein. Der Lärm der Trommeln, Flöten, Pauken, Hörner, Knarren, Zimbeln, Harfen, Spießgeigen, Maultrommeln, Trompeten, Fanfaren und Posaunen sowie diverser anderer nicht näher zu beschreibender exotischer Zupf- und Blasinstrumente tötete jeden Gedanken und konnte nur als schmerzhaft empfunden werden. Dennoch jubelte die Bevölkerung, ja sie übertönte womöglich noch das unentwegte Getöse der Salutschüsse — denn einzelne Schüsse waren überhaupt nicht mehr zu unterscheiden —, und ganz Tomsk war ein einziger Sprechchor:

»FE — O — FAR! FE — O — FAR!«

Der siegreiche Khan ritt sein Lieblingspferd, eine bemerkenswert schöne Araberstute, die entweder immun gegen jeglichen

Lärm oder taub sein mußte, denn sie zeigte keinerlei Anzeichen von Nervosität und trug ihren Herrn mit grazilen, tänzerischen Schritten durch die Kakophonie. Der Emir hatte seine Uniform abgelegt und sich in ein religiöses Gewand gekleidet. Neben ihm liefen die Khane von Kokand und Kundus, die Großwürdenträger des bucharischen Reiches und die Offiziere des Generalstabs zu Fuß.

Plötzlich erschien auf einem Podest Feofars Lieblingsfrau, also die Königin oder vielmehr Sultanin der Bucharei, eine Perserin von bewundernswerter Schönheit. Entgegen mohammedanischer Sitte trug sie keinen Schleier, womit sie zweifellos einer Laune des Emirs willfuhr. Liebkosend fielen ihre Flechten auf makellose, blendendweiße Schultern, die ein Tuch von golddurchwirkter Seide nur spärlich verhüllte. Vom Kopf bis zu den Füßen, die in zierlichen Pantöffelchen steckten, war ihre Gestalt in so verschwenderischem Maße mit Topasen, Diamanten, Korallen, Smaragden, Saphiren, Rubinen, Türkisen, Opalen, Aquamarinen, Gold und Silber übersät, daß sie einer wandelnden Juwelenausstellung glich und jedermann die Kraft bestaunte, die dieser zierlichen Frau innewohnte. Denn das Gewicht der Ketten, Spangen, Ringe, Reifen, Bänder und Schnüre übertraf mit Sicherheit bei weitem das ihres Körpers. Ihr Auftritt war auch nur von kurzer Dauer. Gestützt von zwei tiefverschleierten Hofdamen, verließ sie, nachdem sie die Huldigungen einiger Wesire entgegengenommen hatte, die Szene und entschwand, in einer Sänfte getragen, den neugierigen Blicken.

Die Honoratioren nahmen nun Platz unter einem prachtvollen Baldachin, vor dem, wie immer, wenn Feofar anwesend war, der heilige Koran auf einem kostbar verzierten Tisch lag. Die Belustigungen hätten beginnen können, aber noch fehlte Iwan Ogareff.

Der Verräter ließ nicht lange auf sich warten. »Iwan der Entstellte«, wie ihn schon der Volksmund nannte, diesmal in der Uniform eines Offiziers des tatarischen Heeres, ritt bis vor den Emir. Ein Trupp aus Zabediero eskortierte ihn. Die Soldaten stellten sich zu beiden Seiten des Platzes auf. Deutlich war ein feuerroter Schmiß zu sehen, der das Gesicht Ogareffs zeichnete – das Werk Michael Strogoffs.

Feofar begrüßte seinen Stellvertreter und dessen Offiziere mit gemessener Würde, ja nicht ohne Kälte. Er brachte ihnen nur soviel Wohlwollen entgegen, wie es die Höflichkeit gebot. So jedenfalls deuteten Harry Blount und Alcide Jolivet, die beiden Unzertrennlichen, das Zeremoniell. Von Zabediero aus waren sie auf dem schnellsten Wege nach Tomsk geritten, eigentlich in der Absicht, sich unverzüglich in Richtung Irkutsk davonzumachen. Sie waren fest entschlossen, sich dem nächsten russischen Korps anzuschließen. Denn was ihnen die Tataren bisher geboten hatten, Plünderungen, Mord und Totschlag, ekelte und ödete sie allmählich an. Auch im Interesse ihrer Leserschaft mußten sie sich einmal auf der Gegenseite umsehen. Den Einzug Feofars in Tomsk wollten sie sich allerdings nicht entgehen lassen. Sie hatten sich unter die Zuschauer gemischt.

Jolivet, mit einem Skizzenblock bewaffnet, den er weiß Gott wo aufgetrieben hatte, zeichnete fleißig und mit peniblen Schraffuren, brachte Trachten, tatarische Profile und die Volksmenge zu Papier. Blount sah ihm über die Schulter und erteilte Zensuren:

»Fast wie Goya.«

»Finden Sie?« sagte Jolivet und betrachtete sein jüngstes Werk, einen zähnefletschenden Mongolen. Manchmal sprach der Franzose auf Ironie nicht an.

»Ja, fast.«

»Hm. Übrigens, was ich sagen wollte, wir sind zu früh dran. Stehen herum wie Abonnenten, die für ihr Geld was sehen wollen. Wir hätten erst zum Ballett erscheinen sollen. Das hier ist nur das Vorspiel, unbedeutend, unerheblich.«

»Was für ein Ballett?« fragte Blount.

»Na ja doch, das obligatorische Ballett! Aber wenn ich mich nicht irre, geht jetzt der Vorhang hoch.«

Er klappte seinen Block zu, zog einen Kneifer aus der Tasche, setzte ihn auf die Nase und machte sich bereit, die Darbietungen mit Kennermiene zu begutachten, als säße er im *Moulin Rouge*.

Doch eine Tragödie sollte dem unterhaltenden Teil vorangehen. Der Triumph des Siegers konnte nicht vollständig sein ohne die öffentliche Demütigung der Besiegten. Mehrere hundert Gefangene wurden unter Peitschenhieben auf den Platz getrieben. Sie waren dazu ausersehen, vor Feofar-Khan und seiner Mannschaft im Staube zu kriechen, bevor sie in die Gefängnisse der Stadt geworfen wurden. Unter diesen Gefangenen war Michael Strogoff, den auf Befehl Iwan Ogareffs ein ganzes Dutzend Soldaten bewachte, als sei er ein Schwerverbrecher. Auch seine Mutter und Nadja zählten zu den Unglücklichen.

Marfa war bleich, aber gefaßt. Daß ihr Sohn vor den Emir geführt wurde, geschah sicher nicht ohne Grund, und sie zitterte für ihn. Iwan Ogareff war nicht der Mann, Großmut zu üben und zu verzeihen. Er würde seine animalischen Rachegelüste stillen, ohne Gnade und Barmherzigkeit, und wenn er Michael Strogoff bisher geschont hatte, dann nur, um ihn vor den Augen Feofars und der blutgierigen Menge desto besser quälen zu können. Irgendeine dieser mittelalterlichen Strafen, wie sie den Völkern Asiens noch heute wohlvertraut sind, bedrohte Marfas Sohn: Zerkleinern, Zerreißen, Zerquetschen, Zerlegen . . .

Wäre es Mutter und Sohn wenigstens möglich gewesen, miteinander zu sprechen! Aber man hatte sie auseinandergerissen. Wie gerne hätte Marfa ihren Sohn um Verzeihung gebeten für alles Ungemach, das sie ihm, ohne es zu wollen, zugefügt hatte. Die Greisin klagte sich an, weil sie ihre mütterlichen Gefühle nicht hatte beherrschen können, damals in Omsk. Alles hätte anders kommen können, wenn . . . ja, wenn!

Ob Michael Strogoff in diesen Minuten eines Gedankens fähig war? Wenn, dann beschäftigte ihn das Schicksal seiner Mutter, nicht aber sein eigenes, und eine Sorge bedrückte ihn mehr als alles andere: sollte seine Mutter die gleiche Strafe erleiden, wie sie ihm offenbar zugedacht war?

Was endlich Nadja betrifft, so wußte sie nicht, wie sie Mutter und Sohn zu Hilfe kommen sollte. Was hätte sie auch unternehmen können? Sie war machtlos. Ein Instinkt sagte ihr, daß sie sich verstecken, ganz klein machen müsse. Zum Handeln war sie dennoch entschlossen, und wenn sie sich für Marfa Strogoffs Sohn hätte opfern müssen.

Inzwischen war der Aufmarsch der Gefangenen in vollem Gange. Zum Zeichen der Demütigung und vollständigen Unterwerfung hatte jeder vor dem Thron des Emirs niederzuknien und die Stirn in den Staub zu beugen. Und das war nur der Anfang, die erste Stufe auf der Treppe der Sklaverei! Wer den Rücken zu langsam krümmte, den warfen die Wächter unter rücksichtsloser Gewaltanwendung zu Boden.

»Mir reicht's«, sagte Jolivet, »kommen Sie, wir verschwinden!«

»Jetzt, wo's gerade erst angefangen hat?«

»Das gefällt Ihnen wohl, he?«
»Hören Sie mal«, entrüstete sich Blount, »Sie sind schließlich auch Journalist . . . Tatsachen bleiben Tatsachen. Wir können nicht weggucken, wenn es uns paßt!«
»Wenn es uns nicht paßt!«
»Verstehe ich nicht . . .?«
»Schon gut.«
Plötzlich ließ Jolivet seinen Skizzenblock fallen, packte Blounts Arm und schüttelte den Engländer heftig hin und her.
»Da! Da! Da!«
»Was haben Sie denn?«
»Herrje, Blount! Sie ist es! Da!«
»Wer?«
»Mademoiselle Korpanoff, allein und in Gefangenschaft! Los! Wir müssen sie retten!«
»Fräulein Strogoff«, verbesserte Blount.
»Egal! Wir müssen was unternehmen!«
»Was denn?«
»Irgendwas! Schnell! Kommen Sie! Lassen Sie mich los!«
Jetzt hatte Blount den Arm des Kollegen ergriffen, und er hielt den erregten Franzosen mit aller Macht zurück. Es gab einen Ringkampf. Aufatmend überließ Jolivet Blount den Sieg.
»Seien Sie doch vernünftig, Jolivet! Das hätte gar nichts genützt. Im Gegenteil. Eher geschadet.«
»Na, ich weiß nicht«, sagte der Franzose und bückte sich, um seinen Skizzenblock aufzuheben. Als er wieder hochkam, sah er, wie Nadja an dem Emir vorbeihuschte, ohne dessen Aufmerksamkeit zu erregen. Hinter ihr schritt Marfa, und da sie sich nicht schnell genug in den Staub warf, stießen die tatarischen Untermenschen sie brutal zu Boden. Ihr Sohn zerrte gewaltig an seinen Fesseln. Zwanzig Soldaten hatten Mühe, ihn zu bändigen, und als Marfa sich wieder erhob und weitergehen wollte, hörte man Iwan Ogareffs schneidende Stimme:
»Die Alte bleibt hier!«
Jetzt war Michael Strogoff an der Reihe. Aufrecht und ohne die Augen zu senken, stand er vor dem Emir und entblößte sein kräftiges Gebiß zu einem gleichmütigen Lächeln.
»Die Stirn zur Erde!« schrie Iwan Ogareff.
»Nein!«
Zwei Soldaten wollten den Hauptmann im Regiment des Zaren zwingen, einen Buckel zu machen, doch ehe sie sich's ver-

sahen, lagen sie zerschmettert im Sand, von der Hand Michael Strogoffs förmlich atomisiert. Wie er das trotz dreifacher Fesselung fertiggebracht hatte, blieb übrigens allen Beobachtern ein Rätsel. Waren überirdische Kräfte mit im Spiel? Man hätte es meinen können! Die tatarischen Würdenträger gafften jedenfalls mit offenen Mündern. Ein Raunen ging durch die Menge.

»Sterben sollst du!« rief Ogareff.

»Und wenn ich auch sterbe«, stieß Michael Strogoff hervor, »deine Stirn wird doch immer das Zeichen des Verräters tragen. Bis an dein Ende wirst du an mich denken. Es lebe der Zar!«

»Wer ist der Mann?« fragte der Emir.

»Ein russischer Spion«, antwortete Iwan Ogareff.

Feofar besann sich nicht lange. Er stand von seinem Sitz auf und machte ein Zeichen, vor dem sich die gesamte Gemeinde verbeugte. Dann wies er auf den Koran. Das heilige Buch wurde ihm gebracht. Der Emir schlug es auf, verneigte sich dreimal gen Südwesten, schloß die Augen und tippte mit dem Zeigefinger auf eine der Seiten. Der Zufall oder vielmehr Allah persönlich sollte über Michael Strogoffs Schicksal entscheiden. Diese Art der Rechtsprechung, besser Rechtsfindung, nennen die Völker Mittelasiens »jal«. Je nachdem, wie die vom Finger des Richters getroffene Sure ausgelegt wird, fällt das Urteil. Der Oberste der Ulemas näherte sich gemessenen Schrittes, beugte sich über den Koran und las mit ruhiger Stimme einen Abschnitt, der mit folgenden Worten endete:

»Und er wird die Dinge auf Erden nicht mehr sehen.«

»Russischer Spion«, sprach Feofar-Khan, »du bist gekommen, dich im Lager der Tataren umzusehen. Also gebrauche deine Augen. Sieh dich um! Sieh!«

20

Unser Held wurde gefesselt gegenüber dem Thron des Emirs aufgestellt. Seine Mutter, endlich besiegt durch das Übersoll an körperlichen und seelischen Qualen, das sie in den letzten Wochen, seit jener verhängnisvollen Begegnung in Omsk, erfüllt hatte, senkte in Trauer ihr Haupt. Es herrschte Toten-

stille. Man hätte eine Träne zu Boden fallen hören können. Aber es fiel keine.
»Achtung, das Ballett!« flüsterte Jolivet.
Plötzlich schnippte der Emir mit den Fingern. Ein Fanfarenstoß ertönte als Signal für die nun beginnenden Belustigungen. Von diesem Moment an vollzog sich alles mit unglaublicher Geschwindigkeit. Obwohl niemand hätte sagen können, woran das lag, schien die Handlung doch irgendwie gestrafft, die Zeit gekürzt zu sein. Dabei bewegten sich die etwa 20 Balletteusen, die auf einmal den Platz bevölkerten, eher langsam, jedenfalls nach Pariser Begriffen pomadig. Sie schleppten eine Unzahl fremdartiger Musikinstrumente mit sich und entlockten ihnen eine höchst merkwürdige Musik, ein hypnotisierendes Sirren, dem jeder Ansatz von Rhythmus fehlte, ein Flirren, ein Schweben, ein Zirpen. Manchmal schlug jemand auf einen riesigen Gong, ab und zu ließ sich so etwas wie eine Kreissäge vernehmen, aber ganz leise, ganz weit weg. In den Lüften schaukelten drei Dutzend mit Seidensaiten bespannte Drachen, die an Äolsharfen erinnerten, aber weniger durch die Geräusche, die sie fabrizierten, als durch ihre Konstruktion. Es war ein unentwegtes Ohrensausen.
Dazu sah man die Tänzerinnen, sämtlich Perserinnen, die schon in Teheran vor der Hofgesellschaft aufgetreten waren und also über ein respektables Renommee verfügten, bald den einen, dann wieder den anderen Fuß heben, die Arme, die Hände, die Finger, die Fingerspitzen, die Fingernägel biegen. Sie trugen alle kleine, dreieckige Täschchen am Gürtel, die sie bisweilen öffneten und aus denen sie lange, scharlachrote Bänder hervorzogen.
Auf einmal war alles zu Ende. Die Tänzerinnen verschleierten ihre Gesichter. Die Musik verstummte. Die Äolsdrachen wurden eingeholt. Die Perserinnen verneigten sich tief vor Feofar-Khan und trippelten, sich an den Händen haltend, davon.
»Langweilig«, war Blounts Kommentar.
»Wieso?«
»Das war weder Tanz noch Musik.«
»Sie sind ein Banause«, sagte Jolivet, »ein Kunstbanause. Ich fand die Sache reizend. Man muß sich nur hineinhören, Halb-, Viertel- und Achteltöne, diese orientalische Musik ist viel zu kultiviert für grobe europäische Ohren. Und von Tanz verstehen Sie anscheinend auch nichts.«

Blount schwieg betreten.
»Sieh mit beiden Augen! Sieh!« ließ sich unvermittelt eine tiefe, hallende Stimme wie durch ein Sprachrohr vernehmen. Der Mann, der diese Worte des Emirs wiederholte, ein Tatar von wahrem Riesenwuchs, war der Scharfrichter Feofar-Khans. Er hatte sich hinter Michael Strogoff aufgestellt und hielt mit beiden Händen ein Schwert mit breiter, gebogener Klinge, eine Damaszenerklinge, wie man sie in den weltbekannten Waffenschmieden von Karschi oder Hissar in nassem Tuch unter Kuhmist schmiedet. Neben den Henker hatten Soldaten ein Becken mit glühenden Kohlen geschleppt. Es duftete nach Weihrauch. Heißluft kräuselte sich.
»Sieh mit beiden Augen! Sieh!«
Finsternis wanderte von Osten heran, Kühle senkte sich herab. Die Zedernwälder standen schwarz und schwiegen. Die Tataren schmatzten leise. Ungeheure Nebelmassen stiegen aus dem Tom und hüllten den langgestreckten, ziemlich steilen Hügel ein, auf dem Tomsk so malerisch sich lagert.
Plötzlich trabten etwa 100 Eunuchen in Dreiergruppen auf den Platz. Sie trugen brennende Fackeln in den Händen, verteilten sich geräuschlos und in wohlabgewogener Choreographie über die ganze Fläche und beleuchteten das Feld taghell. Nach ihnen erschienen, von Sangarre geleitet, die Zigeunerinnen und brachten ihre angenehm schnarrende und schnalzende Musik zu Gehör. Die zur Erde niedergezogenen Drachen flogen wieder empor, ein ganzes Firmament bunter Lampions mit sich tragend. Grüne, rote, blaue Schlangen schossen in die Luft und verbrannten — Schüsse aus Gewehren, deren Pulverladung metallische Ingredienzen enthielt. Nun setzte auch das tatarische Volksmusikensemble ein. Kamelreiter veranstalteten ein Wettrennen. Säbel wirbelten durch die Luft, drehten sich einmal, zweimal, dreimal, viermal, fünfmal, bevor sie unfehlbar wieder aufgefangen wurden. Die Zigeunerinnen sangen lauter, tanzten schneller, Kastagnetten klapperten, die Kamele rannten wie verrückt im Kreis herum, ein fast nackter Tatar sprang immer wieder durch einen Feuerreifen, Dolchhüpfspiele, Stabhochsprung mit Lanzen, Kreischen, Kehllaute, Radschlagen, das Zupforchester war entfesselt, im Kohlenbecken lohte es, die Eunuchen ließen ihre Fackeln kreisen, Funken, Feuerwerk, Flitterzeug, Knallfrösche, Heuler, Kamele, Kamele, Kamele, . . . die reinste Walpurgisnacht.

Auf einmal war der Spuk vorbei. Wie auf ein Signal verlosch die Illumination. Nur wenige Fackeln beleuchteten noch die Freilichtbühne. Die Instrumente schwiegen. Die Balletteusen verschwanden eilig. Im Kohlenbecken knackte die Glut. Auf einen Wink des Emirs wurde Michael Strogoff in die Mitte des Platzes geführt. Von mehreren Seiten angestrahlt, warf seine hohe Gestalt viele Schatten.

»Blount«, fragte Alcide Jolivet, »bestehen Sie immer noch darauf, den letzten Akt des Dramas zu erleben?«

»Igitt!« Blount schüttelte sich.

»Und die Leser des *Daily Telegraph* sind wohl auch nicht auf die Details einer Hinrichtung à la tatare erpicht?«

»Nicht mehr als Ihre Cousine!«

»Armer Teufel«, meinte Jolivet mit einem letzten Blick auf den Kurier des Zaren, »ob er sich das hat träumen lassen? Wo ist eigentlich seine Schwester geblieben? Haben Sie seine Schwester gesehen?«

»Nein«, sagte Blount, »aber wir wollten gehen.«

»Na schön«, resignierte Jolivet, und eine Stunde später ritten die beiden Kriegsberichterstatter auf der einsamen Landstraße nach Irkutsk dahin, ohne ein Wort zu sprechen.

Unterdessen stand Michael Strogoff aufrecht und stolz vor dem Emir. Sich niederzuwerfen und um Gnade zu winseln, wäre ein vergebliches Unterfangen gewesen. Michael war auf den Tod gefaßt, doch hätte man kein Zeichen der Furcht an ihm entdecken können. Die wenigen Zuschauer, Feofar-Khans Generalstab zum Beispiel, waren von diesem beherzten Mann enttäuscht: andere Delinquenten zittern, heulen, jammern, betteln – und das macht die Sache erst spannend. Für diese undisziplinierte Horde war eine Hinrichtung nichts weiter als ein Reizmittel. Ziemlich gelangweilt warteten die Wesire und Offiziere auf das Ende des grausigen Zeremoniells, und Rufe wurden laut wie:

»Schluß machen!«

»Buh! Buh! Aufhören!«

»Piesacken! Piesacken! Piesacken!«

Unwirsch erhob sich der Emir und winkte. Die Henkersknechte packten Michael Strogoff und zerrten ihn vor den Thron Feofars, der mit ausgestreckten Armen um Ruhe bat:

»Russischer Spion, du bist gekommen, um zu sehen. Hast du das getan? Ja? Nun, so hast du zum letzten Mal gesehen. Von jetzt an wirst du für immer in Finsternis wandeln. Das Licht deiner Augen soll erlöschen!«

Nicht dem Tode war Michael Strogoff geweiht, sondern er sollte geblendet werden. Der Gesichtsverlust stand ihm bevor. Aber der Kurier des Zaren wankte nicht, als er das Urteil vernahm. Seine unerschütterliche Ruhe ließ ihn auch in diesem Moment nicht im Stich. Weit öffnete er seine Augen, als wollte er mit seinen letzten Blicken Vorrat für die lange Nacht ansammeln. Sein Denken konzentrierte sich ganz auf die völlig gescheiterte Mission, auf Marfa und Nadja, die er nun nie wieder sehen sollte. Doch dann erwachte der Rachedurst in ihm und beherrschte alle seine Empfindungen.

»Iwan!« rief er mit dumpfer Stimme. »Verräter Iwan Ogareff, die letzte Drohung meiner Augen soll dir gelten, dir, dem Erzschurken!«

»Ja ja«, sagte Ogareff und zuckte mit den Achseln.

Aber Michael hatte sich geirrt. Nicht Iwan Ogareff war der letzte Mensch, den er erblickte, sondern seine Mutter. Marfa eilte eben herbei.

»Mutter, dir soll mein letzter Blick gelten, nicht diesem Elenden. Bleibe dort vor mir stehen! Laß mich dein geliebtes Antlitz schauen . . .«

»Jagt diese Alte weg!« befahl Ogareff.

Zwei Soldaten stießen Marfa Strogoff fort. Sie wich zurück, blieb aber aufrecht stehen, einige Meter von ihrem Sohn entfernt.

Der Scharfrichter näherte sich lautlos. Er hielt den Krummsäbel in der Hand. Über dem Kohlenbecken hatte er die Klinge erhitzt, denn nach tatarischem Brauch sollte Michael Strogoff mit einer glühenden Schwertklinge geblendet werden, die langsam an den Augen vorbeigezogen wird.

Michael Strogoff sah ein, daß Widerstand zwecklos war. Er blieb gelassen. Nichts gab es für ihn als seine Mutter, die er mit Blicken förmlich verschlang. Verzweifelt streckte Marfa die Arme. Jammerlaute entrangen sich ihrer Brust . . . Und mit diesem Bild vor Augen erblindete Michael. Während die weißglühende Klinge dicht vor seinem Gesicht vorüberglitt, mußte in den empfindlichen Sehorganen jedes Leben ersterben. Ein Verzweiflungsschrei gellte. Die alte Marfa fiel wie leblos zu Boden.

Als seine Befehle ausgeführt waren, zog sich der Emir mit sei-

»Schau dich noch einmal um, solange du dein Augenlicht noch besitzt!« Auf dem Kohlebecken glühte bereits das Schwert, mit dem Strogoff geblendet werden sollte.

nem Gefolge zurück. Nur Iwan Ogareff blieb auf der Stätte des Grauens. Michael fühlte und hörte, daß sich der Schurke näherte und richtete sich auf. Er erwartete den Gnadenstoß. Doch mit einem Übermaß von Hohn zog Ogareff das Schreiben des Zaren aus der Tasche, hielt es dem Erblindeten vor die Nase und rief:

»Nun lies mal, Strogoff! Lies und melde in Irkutsk, was du gelesen hast. Der wahre Kurier des Zaren ist Iwan Ogareff, haha haha . . .«

Damit faltete der perverse Halunke den Brief und verbarg ihn an seiner Brust. Dann eilte er davon, den Tataren nach, und die Fackelträger folgten ihm. Michael war allein. Aus der Ferne drangen Geschrei, Gesang und andere Geräusche der nächtlichen Orgie herüber. Es war ekelhaft.

Michael Strogoff horchte. Der Platz selbst war still und verlassen. Tastend taumelte der Blinde zu der Stelle, wo seine Mutter zusammengebrochen war. Er fand ihre Hand, beugte sich über die Liegende, näherte sein Gesicht dem ihren, lauschte den Schlägen des mütterlichen Herzens. Dann war es, als wenn er ganz leise zu ihr spräche. Lebte sie noch, die alte Marfa? Hörte und verstand sie, was der Sohn ihr sagte? Jedenfalls rührte sie sich nicht. Michael Strogoff küßte sie auf die Stirn und auf das schlohweiße Haar. Dann richtete er sich auf.

Plötzlich erschien Nadja. Geraden Schrittes ging sie Michael entgegen. Ein Dolch, den sie an ihrem Busen versteckt hatte, diente zum Zerschneiden der Stricke, die Michaels Arme noch immer fesselten. Der Blinde ahnte nicht, wer seine Bande löste, bis Nadja anfing zu sprechen:

»Bruder!«

»Ach, du bist's«, sagte Strogoff, »Nadja.«

»Komm«, antwortete Nadja, »leg deine Hand in meine Hand. Wir gehen nach Irkutsk.«

21

Eine halbe Stunde darauf hatten Michael Strogoff und Nadja Tomsk verlassen. In dieser Nacht schien eine große Menge Gefangener ihren betrunkenen Wärtern entkommen zu sein.

Auch Nadja war die Flucht gelungen. Sie hatte sich unbemerkt unter die Zuschauermenge mischen können. So hatte sie alles mitangesehen. Ich will der Hund des Blinden sein, war ihr einziger Gedanke, und unermüdlich zog sie Michael Strogoff hinter sich her. Das nächste Ziel der beiden nächtlichen Wanderer war das 533 km entfernte Krasnojarsk. Dorthin zu gelangen, bevor die Tataren Tomsk verlassen und die Irkutsker Landstraße bevölkern würden, war ihr einziges Bestreben.

Wie war es nur möglich, daß Nadja sich den Anstrengungen der Nacht vom 16. auf den 17. August gewachsen zeigte? Woher nahm sie nur all die Kraft? Wie konnten ihre blutenden Füße sie überhaupt tragen, geschweige denn vorwärtsbringen, noch dazu so unglaublich schnell?

Unfaßlich, aber wahr: 12 Stunden nach dem Aufbruch in Tomsk erreichte das Paar den kleinen Flecken Semilowskoje, und zwar nach 80 km. Dieser Ort war gänzlich verlassen. Die Einwohner waren aus Furcht vor den Tataren in die Provinz Jenisseisk geflohen. Nur zwei oder drei Häuser waren noch bewohnt, und alles, was man an nützlichen oder kostbaren Dingen besaß, hatte man fortgekarrt. Es gab weder Pferde noch Wagen.

Nadja zuliebe mußte eine kleine Ruhepause eingelegt werden. Auch meldeten sich bei beiden Hunger und Durst. Vor der Stadt stand ein Haus leer. Die Tür war geöffnet. Sie traten ein. Es gab eine wackelige Bank in der Wohnstube neben dem für alle sibirischen Wohnungen charakteristischen hohen Ofen. Sie setzten sich, und nun sah Nadja ihrem Gefährten zum ersten Mal voll ins Gesicht, so wie sie es bisher noch nie getan hatte, zärtlich und hingebungsvoll. Hätte Michael Strogoff sie doch sehen können, hätte er doch lesen können, was in ihren schönen Augen stand: LIEBE.

Ach, er konnte es nicht. Die von dem weißglühenden Stahl geröteten Lider des Blinden bedeckten seine ausgetrockneten Augen halb. Die uhrglasartig vorgewölbte Hornhaut des paarig angeordneten Sehorgans war in kleine Fältchen gezogen und wie zusammengeschrumpft. Die Pupillen schienen seltsam erweitert, die Iris oder Regenbogenhaut war noch blauer als zuvor, während die Wimpern und Brauen teilweise oder vollständig versengt worden waren. Der scharfe, durchdringende Blick des jungen Mannes schien keineswegs gelitten zu haben. Wenn er wirklich nicht mehr sah, wenn er wirklich erblindet war, so lag das an der Zerstörung des empfindlichen Sehnervs durch den glühendheißen Stahl.

»Nadja, bist du da?«

»Ja«, erwiderte das junge Mädchen, »ich bin bei dir, und ich werde dich nicht mehr verlassen, Michael!«

Als er zum ersten Mal aus dem Munde des Mädchens seinen Namen hörte, fuhr Michael Strogoff zusammen. Er begriff, daß seine Gefährtin alles wußte: wer er war, was er war und . . .

»Nadja!« rief er. »Wir müssen uns trennen!«

»Trennen? Nanu, warum gerade jetzt?«

»Ich bin nur ein Hindernis. Dein Vater wartet auf dich in Irkutsk. Nadja, du mußt zu deinem Vater!«

»Was würde wohl mein Vater sagen, wenn er erführe, daß ich dich verlassen habe, nach allem, was du für mich getan hast.«

»Nadja, Nadja . . .«

»Du brauchst mich mehr als mein Vater, Michael. Hast du den Großfürsten aufgegeben? Verzichtest du darauf, nach Irkutsk zu gehen?«

»Nie und nimmer!«

»Aber dieses Schreiben, du hast es nicht mehr!«

»Ogareff hat es mir gestohlen. Das ist wahr. Doch glaube mir, Nadja, ich werde mir auch ohne dieses Papier zu helfen wissen. Man hat mich als Spion behandelt – so werde ich auch als Spion handeln. Ich habe viel gesehen und gehört. Frage mich nicht, bitte. Eines schwöre ich: der Verräter wird mir eines Tages gegenüberstehen. Vor allem aber muß ich vor ihm in Irkutsk sein!«

»Und da redest du von Trennung?«

»Nadja, die Schurken haben mir alles geraubt. Ich besitze keine Kopeke mehr, nichts, gar nichts!«

»Mir sind noch ein paar Rubel geblieben, Michael, und meine Augen. Mit ihnen kann ich für dich sehen. Leite mich, damit ich dich führe. Bleibe bei mir!«

»Und wie sollen wir weiterkommen?«

»Vorerst zu Fuß.«

»Wovon sollen wir leben?«

»Betteln.«

»Also gut, gehen wir!«

»Warte noch ein Weilchen.«

Die beiden jungen Leute redeten sich von nun an nicht mehr mit »Bruder« und »Schwester« an. Das gemeinsame Unglück schmiedete sie enger zusammen. Nach dreistündiger Ruhe traten sie aus dem Haus, und zwei Tage später hatten sie bereits ein gutes Stück in Richtung Osten zurückgelegt, unter erheblichen Strapazen versteht sich. Beide marschierten, ohne zu sprechen. Michael hielt Nadja an der Hand. Auf einmal stutzte er.

»Ist die Straße leer?«

»Nichts zu sehen.«

»Hörst du nicht dieses Geräusch?«

»Ja doch, da rumpelt was in der Ferne!«

»Sei auf der Hut, Nadja. Wenn es Tataren sind, müssen wir uns verstecken.«

»Warte, ich schau mal nach«, sagte Nadja und ging 40 m zurück bis zu einer Biegung, von wo aus sie die Straße übersehen konnte.

»Es ist ein Wagen. Ein junger Mann sitzt darauf.«

»Allein?«

»Ein Hund hockt neben ihm!«

Als der Karren näher gekommen war, sah Nadja, daß es sich um ein ziemlich gebrechliches Gefährt handelte, eines von der Sorte, die man in Rußland Kibitka nennt. Gewöhnlich wird so eine Kibitka von drei Pferden gezogen, aber vor diese war bloß eines gespannt, ein langhaariger Gaul von mongolischer Rasse. Der Fuhrmann jedenfalls war Russe, Gott sei Dank! Und er hatte ein weiches, phlegmatisches Gesicht, das sofort Vertrauen erweckte. Er zuckelte in ruhigem Trott dahin, wahrscheinlich um sein Pferd nicht zu überanstrengen, und wer ihn so daherkommen sah, hätte nicht geglaubt, daß er auf einer Straße fuhr, die jeden Augenblick von Tataren überschwemmt werden konnte. Nadja und Michael standen am Straßenrand und winkten. Die Kibitka hielt an, und der Fahrer betrachtete mit wohlgefälligem Lächeln das Mädchen.

»Na, wohin soll's denn gehen?«

Der Klang dieser Stimme kam Michael Strogoff irgendwie bekannt vor. Er hatte sie schon einmal gehört. Wo denn? ... Zweifellos genügte ihm sein akustisches Gedächtnis, den Mann auf der Kibitka wiederzuerkennen, denn seine Miene heiterte sich plötzlich auf.

»Wir wollen nach Irkutsk«, sagte er.

»Joi, joi! Da habt ihr euch aber was vorgenommen! Wißt ihr denn gar nicht, wie weit das noch ist?«
»Doch.«
»Und da lauft ihr zu Fuß?«
»Zu Fuß.«
»Ja, du vielleicht! Aber das Mädchen?«
»Freund«, sagte Michael Strogoff, »die Tataren haben uns ausgeplündert, und ich kann dir keine Kopeke anbieten. Aber wenn du meine Schwester zu dir in den Wagen nehmen willst, so werde ich hinterherlaufen, wenn's sein muß. Aufhalten will ich dich nicht.«
»Bruder«, mischte sich Nadja da ein, »das sollst du nicht! Ich dulde es nicht! Herr, mein Bruder ist geblendet. Die Tataren haben ihm die Augen ausgebrannt!«
»Herrje, armes Väterchen! Tja, ich fahre nach Krasnojarsk, ein gutes Stück auf eurem Wege. Warum möchtest du also nicht mit deinem Schwesterchen einsteigen? Wenn wir zusammenrücken, ist für alle Platz. Und mein Hund kann laufen. Doch darf ich nicht schnell fahren, muß mein Pferdchen schonen!«
»Freund, wie heißt du?«
»Nikolaus Pigassoff.«
»Ein Name«, sagte Michael Strogoff, den ich nie vergessen werde.«
»Nun, steig ein, blindes Väterchen! Deine Schwester mag sich mit dir nach hinten setzen. Ich bleibe vorn, um zu kutschieren. Hopp, Serko! Mach Platz!«
Der Hund sprang herunter. Es war ein Tier von sibirischer Rasse, grauhaarig und von mittlerer Größe, das an seinem Herrn außerordentlich zu hängen und ebenso gutmütig wie er zu sein schien. Im Nu waren Nadja und Michael an seiner Statt aufgestiegen, und sie hatten es sich bald gemütlich gemacht in dem Nest aus Gerstenstroh und Birkenrinde, das Nikolaus Pigassoff geladen hatte.
Die Kibitka setzte sich bald wieder in Bewegung. Das Pferd trottete ruhig dahin. Wenn auch Michael Strogoff nicht sehr schnell vorankam, so blieb doch Nadja von neuen Anstrengungen verschont, und ihre Erschöpfung war so groß, daß sie augenblicklich in tiefen Schlaf versank. Michael und Nikolaus betteten sie, so gut es ging.
»Ein zartes Ding«, sagte Nikolaus.
»Ach ja«, erwiderte Michael Strogoff, »sag mal, mein Freund,

kennen wir uns nicht? Hast du mich nicht schon gesehen? Überleg mal!«
»Dich? Nein, Väterchen. Noch nie!«
»Aber deine Stimme ist mir nicht unbekannt.«
»So so«, antwortete Nikolaus, »fragst du mich, um zu erfahren, woher ich komme? Das kann ich dir sagen. Aus Kolyivan.«
»Bin ich dir also doch schon begegnet. Du warst im Telegraphenamt, stimmt's?«
»Jawohl. Schon richtig. Bin von Beruf Postbeamter, Telegraphist, und habe in Kolyivan gedient.«
»Und bist dort geblieben bis zum letzten Moment?«
»Mußte ich ja!«
»Erinnerst du dich an die beiden Zänker, den Engländer und den Franzosen, beide mit Rubeln wie Heu, die damals um den Platz am Schalter stritten? Und der Engländer, der aus dem ersten Buch Mose telegraphierte?«
»Möglich. Kann sein.«
»Na, das wirst du doch noch wissen!«
»Väterchen, ich erinnere mich niemals an die Telegramme, die ich durchgebe. Es ist meine Pflicht, sie zu vergessen. Da ist es schon das Gescheiteste, sie gar nicht erst im Kopf zu behalten.«
Dieses Muster von einem Beamten! Nachdem er seine Stelle in Kolyivan unter dem Zwang der Ereignisse hatte aufgeben müssen, hatte er sich unverzüglich auf den Weg gemacht, um der Behörde in Krasnojarsk seine Dienste anzubieten.
»Soll ich mein Gehalt einziehen, ohne einen Strich dafür zu tun?«
»Erst mal das Gehalt bekommen!«
»Tja, da hast du auch wieder recht, Väterchen.«

22

Aber als die Kibitka am 25. August nach gemächlicher Fahrt in Krasnojarsk anlangte, erkannte Pigassoff sehr bald, daß dort keine Kopeke zu holen war. Das letzte Telegramm aus Moskau, das die Stadt am Jenissei erreicht hatte, war ein Räumungsbefehl gewesen. Krasnojarsk lag leer und verlassen, war eine tote Stadt. Kein einziger Mensch ließ sich blicken. Die Bewohner waren allesamt nach Irkutsk geflohen. Und was sollte Nikolaus Pigassoff da machen.

»Fahre ich eben nach Irkutsk!«

Michael und Nadja war es nur recht. Hätten sie einen sichereren Führer, einen besseren Freund finden können? Und so setzten sie gemeinsam die Reise fort, überquerten den Jenissei – was trotz erheblicher Schwierigkeiten gelang – und fuhren im selben Tempo wie bisher weiter. Drei Stunden lief das Pferd, eine Stunde ruhte es, so ging es Tag und Nacht durch eine öde, menschenleere Gegend. Die Kibitka passierte zwar mehrere Städtchen und Dörfer, so Balaisk, Ribinsk und Kainsk, aber überall dasselbe: leere Häuser, Grabesstille. Die Anordnungen der Regierung in Moskau waren wirklich peinlichst genau befolgt worden, und die drei Reisenden fühlten sich manchmal wie die einzigen Menschen auf dieser Welt – ein beglückendes Gefühl, wenn sie bedachten, daß auf dieser Erde auch Tataren leben, Tataren, die ihnen auf dem Fuße folgten. Michaels einzige Sorge während dieser geruhsamen Tage war: würden sie vor den Feinden Irkutsk erreichen?

Aber alles schien gutzugehen. Auch an Essen mangelte es nicht. Nikolaus Pigassoff hatte seine Kibitka in Kolyivan mit soviel Proviant beladen, daß es notfalls auch für zwölf Personen gereicht hätte, und darum fiel es ihm nicht allzu schwer, mit seinen Passagieren brüderlich zu teilen. Sogar das Wetter begünstigte die Reise. Klarer Himmel meistens, neblige Morgen und Abende bisweilen, einmal ein leichter Landregen von 18 Stunden Dauer, doch in den Nächten sank die Temperatur schon manchmal in die Gegend um Null. Die Irkutsker Straße verläuft etwa auf dem 55. Breitengrad, und das ist zum Beispiel die Höhe von Sitka in Alaska. Daß es in diesen Gegenden nicht lange herbstet, sondern daß der Winter früh und dann mit aller Gewalt einsetzt, dürfte als bekannt vorausgesetzt werden. Also war es nicht nur die Vorhut der Tataren, die Michael Strogoff zur Eile anspornte. Manchmal, wenn Nikolaus Pigassoff laut schnarchend den Schlaf des Gerechten schlief, nahm der Blinde die Zügel in die Hand und trieb das Pferd zu einer schnelleren Gangart an. Wachte Pigassoff dann auf, so waren immerhin ein paar Kilometer über das normale Soll geschafft.

Am Morgen des 4. September erreichte die Fuhre den Ort

Biriusinsk. Auch er verlassen und leblos, kein Mensch, kein Tier. Dort fand Nikolaus in einem Ofen ein Dutzend Pogatschas, nahrhafte, in Hammelfett gebratene Reiskuchen, die den Insassen der Kibitka eine willkommene Beute waren.

Des Pferdes wegen wurde eine längere Pause eingelegt, aber am nächsten Nachmittag, also am 5. September, ging es wieder weiter. Bis Irkutsk waren es jetzt noch 600 km. Kein Anzeichen der tatarischen Vorhut weit und breit. Michael Strogoff hoffte zuversichtlich, in 8 bis 10 Tagen vor dem Bruder des Zaren zu stehen.

Als die Kibitka Biriusinsk verließ und eben wieder auf die offene Chaussee rollte, lief etwa 20 m voraus ein Hase quer über den Weg.

»Auwei!« rief Nikolaus und bekreuzigte sich.

»Was ist dir, Freundchen?« fragte Michael Strogoff, ganz in der Art eines Blinden, der beim geringsten Geräusch schon zusammenfährt.

»Hast du's nicht gesehen? Ach nein! Kannst ja nicht. Aber das ist in diesem Fall ein Glück für dich, Väterchen.«

»Was denn?« fragte Nadja. »Ich habe auch nichts gesehen.«

»Um so besser! Um so besser! Aber ich eben.«

»Nun sprich doch, was war's?«

»Ein Hase. Gerade ist er übern Weg gelaufen. Von rechts nach links. Herrjemine!«

Unter den zahlreichen Ankündigungen eines nahe bevorstehenden Unglücks rangiert im russischen Aberglauben der Hase auf einem der ersten Plätze. Ein Hase, der über den Weg läuft, noch dazu von rechts nach links und am Nachmittag — nichts schlimmer als das! Und Nikolaus, abergläubisch wie alle Russen, hatte die Kibitka angehalten, wollte nicht weiter. Obwohl Michael Strogoff die Bedenken seines Kameraden nicht teilte, so hatte er doch volles Verständnis für ihn, und er versuchte, ihn zu beruhigen.

»Sei kein Angsthase, mein Lieber!«

»Tja«, meinte Nikolaus Pigassoff, »du hast gut reden. Und auch deine Schwester braucht sich keine Sorgen zu machen. Aber wer den Hasen sieht, ist dran. Früher oder später. Unweigerlich.«

»Ach was, Schnickschnack!«

»Nein, Schicksal.«

»Unsinn!«

»Wir werden ja sehen«, sagte Nikolaus Pigassoff, spuckte dreimal aus und bekreuzigte sich. Immerhin war er dazu zu bewegen, sein Pferdchen wieder in Trab zu setzen, nachdem der erste Schrecken verdaut war, und das hätte mancher Muschik an seiner Stelle nicht getan. Der Tag ging auch trotz des bösen Omens ohne jeden Zwischenfall vorüber.

Am nächsten Mittag, es war der 6. September, rumpelte die Kibitka auf dem Kopfsteinpflaster von Alsalewsk, einer Kleinstadt, die ebenso menschenleer und verlassen lag wie all die anderen unbewohnten Ortschaften seit Tomsk. Dort entdeckte Nadja auf einer Türschwelle zwei Jagdmesser mit feststehender Klinge, wie sie die sibirischen Jäger benutzen. Vermutlich waren sie von den geflohenen Bewohnern zum Schutz gegen böse Geister und Feinde hinterlassen worden, da aber Nadja so aufgeklärt wie Michael Strogoff war, nahm sie beide Messer, gab eines davon ihrem blinden Freund und bot das andere dem Kutscher an. Der aber hatte Bedenken.

»Nicht anfassen. Wirf's weg!«

Doch Nadja behielt das Messer und verbarg es unter ihrem Kleid. Von da an war Nikolaus Pigassoff verstimmt. Er glaubte fest an den baldigen Untergang seiner selbst und seiner Fahrgäste, und auch Nadja gelang es nicht mehr, ihn aufzuheitern. Hatte er vordem unentwegt geschwatzt und den Alleinunterhalter abgegeben, so war er nun zum Propheten düsterer Visionen geworden, und wenn er nicht von Tod oder Verderben sprach, dann brütete er unbeweglich vor sich hin. Sogar Serko, der Hund, schien von seiner Laune angesteckt. Früher war er kläffend vorneweg gesprungen, jetzt trabte er trübsinnig hinter der Kibitka her.

50 km vor Nishne-Udinsk wurde es auch Nadja und Michael unbehaglich zumute. Das Mädchen, das seinem Kameraden seit Tomsk nur die Schönheiten der Landschaft hatte schildern können, einer Landschaft, die sich zwar menschenleer, aber dennoch friedlich unter dem spätsommerlichen Himmel erstreckte, machte nun Beobachtungen, die durchaus nicht friedlich stimmten. Erst waren es nur vereinzelte Spuren von Pferden im Sand der Straße, dann wurden diese Spuren zahlreicher, drängten sich über den Weg hinaus, durchzogen die Wiesen und Felder rechts und links des Weges, und schließlich war es, als sei die ganze Gegend von Hufen zertrampelt und aufgewühlt. Niedergebrannte Wälder kamen in Sicht, in den Dörfern wie-

sen die Wände der Häuser Kugeleinschläge auf, ein Kirchturm war abgerissen, zerbrochene Möbel, zerfetzte Kleider und Plunder bedeckten die Straßen. Ein Dorf bestand nur noch aus schwarzen, stinkenden Ruinen. Es konnte kein Zweifel daran bestehen: das war die Visitenkarte tatarischer Soldateska. Ein großes Heer mußte erst kurz zuvor die Irkutsker Straße passiert haben, und die Kibitka folgte ihm dichtauf.
Wer aber waren diese Tataren? Woher mochten sie kommen? Um Soldaten des Emirs konnte es sich nicht handeln. Sie hätten die drei Flüchtlinge nicht überholen können, ohne von ihnen bemerkt zu werden. Oder hatte Feofar sein Heer quer durch die Steppe geführt? War es über irgendeinen Nebenweg auf die große Heerstraße gelangt? Eine unwahrscheinliche Annahme, denn die kürzeste Verbindung zwischen Tomsk und Nishne-Udinsk ist nun einmal die Irkutsker Landstraße.
Äußerste Wachsamkeit war jetzt erforderlich. Jeden Augenblick konnte man auf Nachzügler dieses tatarischen Haufens treffen. Doch blieb den drei Russen gar nichts anderes übrig, als die Fahrt fortzusetzen, wenn auch vorsichtiger. In ihrem Rücken hatten sie auch Tataren, aber wie dicht diese ihnen auf den Fersen saßen, wußten sie nicht. Michael Strogoff war entschlossen, weiter nach Osten vorzudringen.
Im Laufe des folgenden Tages zeigten sich Rauchwolken am östlichen Horizont. In den verlassenen Dörfern brannten noch hier und da Häuser. Keine 24 Stunden war es her, daß man sie in Brand gesteckt hatte. Schließlich, am 8. September, hielt der Wagen an. Das Pferd wollte nicht weiter, und Serko winselte erbärmlich.
»Was ist los?« fragte Michael Strogoff.
»Eine Leiche.«
Auf dem Wege lag — fast wäre der Wagen über ihn hinweggerollt — der gräßlich verstümmelte Körper eines Muschiks. Der Tod mußte ihn schon vor einigen Stunden ereilt haben, denn die Leiche war erkaltet. Nikolaus bekreuzigte sich und murmelte Sprüche. Er bestand darauf, dem Toten ein anständiges Begräbnis zu geben, damit ihn nicht wilde Tiere fräßen. Aber Strogoff ließ ihm dazu keine Zeit.
»Wir schaffen ihn eben auf die Böschung. Komm, faß an! Hauruck! Und nun geht's weiter, mein Freund. Wir dürfen keine Stunde verlieren!«

Erstaunlich, wie sicher der Blinde sich manchmal bewegte, wie fest er auftrat. Nikolaus betrachtete ihn verwundert. Fast kam ihm ein bestimmter Verdacht. Dann aber tastete sich der Fahrgast wieder so unbeholfen an die Kibitka heran, stellte sich so ungeschickt beim Aufsteigen an, daß dem Postbeamten alle Zweifel verflogen.
Insofern hatte Strogoff ja recht: wenn sie alle Leichen bestattet hätten, die sie von nun an fanden, wären sie aus dem Schaufeln gar nicht mehr herausgekommen. Je näher Nishne-Udinsk rückte, desto zahlreicher wurden auch die Zeugen tatarischer Mordlust. Bisweilen lagen ihrer zwanzig beisammen, und schließlich gab es Pigassoff sogar auf, für jeden Toten ein Kreuz zu schlagen. Man konnte Muskelkater davon bekommen.
»Väterchen, sollen wir immer noch weiter? Wir könnten uns auch verstecken, abseits des Weges. Könntest du nur sehen, ich glaube, du würdest anhalten lassen. Ich habe Angst. Das alles nimmt kein gutes Ende!«
Solche defätistischen Reden hörte Michael Strogoff nicht gerne. Aber konnte denn der Besitzer der Kibitka auch ahnen, wen er da durch Sibirien kutschierte? Man durfte ihm keinen Vorwurf machen, und so beließ es der Kurier des Zaren bei den Worten:
»Durchhalten, mein Freund! Weitermachen! Das Heil Rußlands erfordert es!«
»Wieso Heil Rußlands?«
»Das werde ich dir später erklären.«
An diesem Tage, gegen 4 Uhr, tauchte das Weichbild von Nishne-Udinsk auf. Zuerst entdeckte Nadja die schlanken Kirchtürme dieses von polnischen Verbannten angelegten Ortes.
»Guck mal, da regnet's.«
»Regnen ist gut«, sagte Nikolaus, der aus den schwarzen Wolken, die sich über der Stadt zusammenballten, ganz andere Schlüsse zog.
»Na, was denn?«
»Da brennt's!«
Nach kurzem Disput ließ sich Nadja überzeugen. Tatsächlich: Nishne-Udinsk schien in Flammen zu stehen. Man teilte diese Beobachtung Michael Strogoff mit, und der meinte ganz richtig:
»Jetzt gilt es, einen Entschluß zu fassen!«

»Ich bin für die Flucht«, erklärte Nikolaus Pigassoff, ohne rot zu werden, »alles sinnlos, alles zwecklos. Was sollen wir in einer brennenden Stadt?«
»Wir müssen aber durch«, sagte Nadja, »denn wir wollen ja nach Irkutsk.«
»Quatsch. Wir können auch drum herum!«
Pigassoff wurde jetzt renitent.
»Mal herhören«, ließ sich Michael Strogoff vernehmen, »ob Nishne-Udinsk brennt oder nicht, ist gar nicht so wichtig.«
»So?«
»Wichtiger ist, wer Nishne-Udinsk angezündet hat. Wenn es Tataren waren, ist es schlecht. Wenn die Tataren noch in der Stadt sind, ist es noch schlechter. Wenn die Tataren aber bereits abgezogen sind: schon besser. Aber wenn es nun Russen waren, die das Feuer gelegt haben?«
»Russen?« riefen Nadja und Nikolaus im Chor.
»Ja, Russen. Es ist durchaus möglich, daß der Zar befohlen hat, alles in Schutt und Asche zu legen, was Feofar in die Hände fallen könnte. Wir kennen die Befehle der Regierung nicht. Was geschah, als Napoleon nach Moskau kam?«
»Wer war denn das?« fragte Nikolaus Pigassoff neugierig.
»Für Geschichtsunterricht bleibt jetzt keine Zeit, mein Lieber«, erklärte Michael Strogoff, »los weiter! Wir nähern uns vorsichtig und . . .«
Da krachte ein Schuß. In den Kopf getroffen, ging das Pferd in die Knie und verschied röchelnd. Im selben Moment sprengte ein Dutzend tatarischer Reiter auf die Straße. Sie umringten die Kibitka, und ehe Nadja, Michael und Nikolaus recht begriffen hatten, was überhaupt vor sich ging, waren sie schon gefangen und sahen sich im Galopp nach Nishne-Udinsk entführt.

23

Bei diesem Überfall hatte Michael Strogoff kein Gran seiner Kaltblütigkeit verloren. Außerstande, seine Feinde zu sehen, war er gar nicht auf die Idee verfallen, sich zur Wehr zu setzen. Und wenn er sie gesehen hätte, wenn er sich verteidigt

hätte, was wäre damit erreicht worden? Ein Massaker. Denn Tataren lassen sich nicht gerne provozieren.
Immerhin: so hatte er sich wenigstens die Hörfähigkeit erhalten, und was unser Held der Unterhaltung der feindlichen Kavalleristen entnahm, war in der Tat aufschlußreich. Aus einzelnen Bemerkungen, aus Bruchstücken, Gesprächsfetzen, ergab sich folgendes Bild:
Die Soldaten, denen er und seine Reisegenossen in die Hände gefallen waren, gehörten nicht zur Truppe des Emirs, der noch hinter dem Jenissei aufgehalten wurde, sondern zu einer Heeresgruppe, die sich hauptsächlich aus Tataren der Khanate Kokand und Kundus zusammensetzte und sich mit den Truppen Feofars erst in der Gegend von Irkutsk vereinigen sollte. Auf Iwan Ogareffs Rat hatte dieser Heeresteil die Grenze bei Semipatalinsk überschritten, war dann am südlichen Ufer des Balkasch-Sees und am Fuß des Altai-Gebirges entlanggezogen und hatte so die Irkutsker Straße erst bei Alsalewsk erreicht. Die Hauptaufgabe dieses Heeres, das der Khan von Kundus kommandierte, bestand darin, das Hinterland zu sichern, den Weg nach Irkutsk für die Masse der tatarischen Streitmacht zu ebnen. Und diese Aufgabe hatte es auch glänzend erfüllt. Alles, was irgendwie russisch war, war entweder erschlagen oder verbrannt worden. Auf irgendwelchen Widerstand würde der Emir also kaum treffen, und die Vereinigung seines Heeres mit dem des Khans von Kundus war in nächster Zeit zu erwarten. Der Fall von Irkutsk, so schien es zumindest, konnte unter diesen Umständen nur noch eine Frage der Zeit sein, denn dem Großfürsten standen zur Verteidigung der Residenzstadt nur geringe Kräfte zur Verfügung.
Mit einem Wort, es sah schlecht aus, miserabel sogar. Jeder andere hätte an Michael Strogoffs Stelle aufgegeben. Blind, neuerlich in Gefangenschaft, des kaiserlichen Schreibens und seines Geldes beraubt, allein einer nach Hunderttausenden zählenden Übermacht gegenüberstehend – was durfte der Kurier des Zaren in dieser Lage noch erhoffen? Nichts, außer einem Wunder. Und doch war alles, was Michael Strogoff an diesem Tage sagte:
»Jetzt erst recht!«
Serko, der getreue Hund, war dem Reitertrupp in sicherer Entfernung gefolgt, und eine halbe Stunde nach dem Überfall trabte das Tier durch die Gassen von Nishne-Udinsk. Die

Stadt brannte an allen Ecken und Enden. Gerade wurde sie von den letzten Plünderern verlassen, und auch die Tataren, deren Gefangene die drei Russen waren, mochten sich nicht lange in den von Rauch erfüllten Straßen aufhalten. Die Hitze war unerträglich. Man setzte die drei Gefangenen auf mitgeführte Sattelpferde, und rasch ging es weiter, einem ungewissen Schicksal entgegen, dem sich Nikolaus Pigassoff mit fatalistischem Gleichmut beugte, dem Nadja nichts als ihr immer noch ungebrochenes Vertrauen zu Michael Strogoff entgegenzuhalten hatte, dem der Kurier des Zaren zu trotzen entschlossen war. Er sann auf Flucht.

Daß einer ihrer Gefangenen blind war, nahmen die Tataren mit Freude zur Kenntnis. Die ihnen angeborene Lust zur Grausamkeit brachte sie bald dazu, mit dem Unglücklichen ihr Spiel zu treiben. Es wurde schnell geritten, und da Michael Strogoffs Pferd keinen anderen Führer hatte als ihn, also mehr oder weniger sich selbst überlassen blieb, tanzte es natürlich oft aus der Reihe, sprang vorneweg, blieb zurück, fing plötzlich an zu jagen und stiftete auf diese Weise einige Unordnung im Kommando. Das veranlaßte die Barbaren dann zu allerlei Grobheiten, denen Michael wehrlos ausgeliefert war. Sie kamen schließlich auf den Gedanken, Michael auf ein blindes Pferd zu setzen. Sie fanden auch zufällig eines, und zwar in Tantan, 70 km hinter Nishne-Udinsk, halfen dem Reiter in den Sattel, legten ihm die Zügel in die Hände und trieben dann den Klepper mit Steinwürfen, Peitschenhieben und lautem Gebrüll zum Galopp an. Über das erstbeste Hindernis, nämlich die Straßenböschung, stolperte der Gaul. Reiter und Pferd wälzten sich im Gras. Diese Darbietung gefiel den Tataren so gut, daß Michael sie täglich ein dutzendmal wiederholen mußte. Er ließ sich widerstandslos alles gefallen. Wenn sein Pferd stürzte, wartete er geduldig, bis man es wieder aufrichtete. Und das taten die Soldaten auch. Darin waren sie unermüdlich. Aber endlich wurde ihnen die Sache wohl doch zu langweilig, und wer weiß, was sie sich noch ausgedacht hätten, wenn nicht ein Unfall dem sadistischen Treiben ein Ende gesetzt hätte.

Es war am 10. September, als das blinde Pferd scheute und in vollem Galopp auf einen steil abfallenden Hang zuhielt. Nikolaus, der das Unglück kommen sah, versuchte vergebens, das Tier aufzuhalten. Die Tataren hinderten ihn daran. Das

Pferd sprang mit einem gewaltigen Satz von der Straße, hielt sich einen Augenblick schwebend über dem Abgrund und verschwand dann mitsamt seinem Reiter von der Bildfläche.
Es war ein freier Fall von 10 bis 12 m. Zum Glück endete er auf morastigem Boden. Als man Michael Strogoff aufhob, war er zwar benommen, aber unverletzt. Das blinde Pferd allerdings hatte alle vier Beine gebrochen. Man ließ es zurück, ohne ihm den Gnadenschuß zu geben. Michael wurde an den Sattel eines Reiters gebunden und erhielt so die Gelegenheit, seine unvergleichliche Befähigung zum Dauerlauf zu beweisen. Er tat dies und murrte nicht.
Am 11. September passierte die kleine Truppe das Dörfchen Chirbalinskoje. Es war gegen Abend. Bei der Durchsuchung der verlassenen Häuser des Ortes stöberte einer der Tataren ein Faß mit Wodka auf. Spontan entschloß man sich, die Rast zu verlängern, und ein fürchterliches Besäufnis hub an. Nadja, die wie durch ein Wunder bisher unbelästigt geblieben war, sah sich bald den zielstrebigen Attacken der betrunkenen Horde ausgesetzt. Einer der Tataren hatte sie bereits umfaßt und wollte sie unter den anfeuernden Rufen seiner Kameraden zu Boden werfen. Was wäre geschehen, wenn Nikolaus nicht eingegriffen hätte? Er riß dem Kerl die Pistole aus dem Halfter, legte an und schoß ihn durch den Kopf. Einen Moment herrschte ernüchtertes Schweigen. Der Wüstling lag mit zerrissenem Schädel im Kot und bot einen abscheulichen Anblick. Dann stürzten sich alle auf den Schützen. Man wollte Nikolaus auf der Stelle bestrafen. Der Kommandant des Trupps eilte herbei. Auf seinen Befehl wurde der tapfere Postbeamte gefesselt, geknebelt und über ein Pferd geworfen. Die ganze Mannschaft beteiligte sich daran. Verzweifelt gellten Pigassoffs Rufe.
Das allgemeine Durcheinander nutzten Michael und Nadja aus. Es gelang dem Mädchen, den Blinden loszubinden, und unbemerkt schlichen sich beide davon. Als die betrunkenen Tataren Minuten später johlend ihren Ritt fortsetzten, als die Hufschläge ihrer Pferde in der Dunkelheit verklangen, atmeten beide auf. Sie befanden sich wiederum in Freiheit. Es war 10 Uhr abends.
»Michael, wohin soll ich dich führen?«
»Nach Irkutsk.«
Am 15. September, vier Tage später, erreichten beide Kuitunskoje, 80 km vor Tulumoskoje, und am 18. September nach

Im nächsten Augenblick stürzte das Pferd die Klippe hinab. Ein heller Angstschrei der beiden Freunde folgte.

äußerst beschwerlichem Marsch über hügeliges, steiniges Terrain Kimiltejskoje an der Dinka. Wieder war es 10 Uhr abends. Der Ort lag völlig zertrümmert. Kein Stein auf dem anderen, kein menschliches Wesen, nur Leichengestank. Eilig zog Nadja ihren blinden Gefährten durch die rauchgeschwärzten Ruinen. In der Ferne Wetterleuchten.
»Was machen wir, Michael? Die Nacht ist da.«
»Bist du müde?«
»Du?«
»Ich nie.«
»Wir sollten trotzdem rasten.«
»Wir müssen noch über die Dinka rüber«, sagte Michael Strogoff, »die Truppen des Emirs können jeden Augenblick erscheinen. Und dann? Ich muß vor Iwan Ogareff in Irkutsk sein.«
»Also gut, vorwärts!«
Es waren noch 3 km bis zu der Stelle, wo die Dinka die Irkutsker Straße durchschneidet. Eine Brücke gab es dort nicht. Würden die beiden einen Kahn, eine Fähre finden? Im Schein der Blitze wanderten sie durch eine grenzenlose Öde. Kein Baum, kein Strauch, kein Hügel störte das Bild vollkommenster Eintönigkeit. Melancholisch dachte Nadja an die Ostsee, wo es Häfen, Dünen, Wälder, Schiffe . . .
Plötzlich standen beide wie festgegossen, vielmehr wie angewurzelt, nein: gänzlich bewegungslos da. Es war, als seien ihre Füße in einer Erdspalte, vielleicht in einem Kaninchenbau, steckengeblieben.
»Um Gottes willen«, flüsterte Nadja.
»Pst, still!«
Ein jämmerliches Geheul, ein schauderhaftes Winseln, ein Kläffen und Krächzen, wie von Hunden, Vögeln und Menschen zugleich, war für eine Sekunde zu hören gewesen. Kurz darauf ließ sich ganz deutlich ein Schrei vernehmen. Ein Geist? Ein Untier? Ein Mensch in Todesqualen:
». . . üülfeeh!«
Dann verstummte es wieder. Bedrohliches Schweigen lastete über der Steppe. Nadja preßte sich an Michael. Am Horizont zuckten Blitze durch die Atmosphäre. Lautlose Unwetter tobten sich dort aus.
»Nikolaus«, flüsterte Nadja.
»Meinst du?«

»Ich ahne es. Komm!«
»Wohin denn?«
»Dorthin!«
»Kam es nicht aus dieser Richtung?«
Doch Nadja hatte unseren Helden schon ergriffen, und sie zog ihn mit unwiderstehlicher Gewalt von dannen. Eine alles durchdringende Erregung hatte ihr übermädchenhafte Kräfte verliehen. Sie stürmte voran.
»Wir sind ja gar nicht mehr auf der Straße!« rief Michael Strogoff, als er unter seinen Füßen nicht mehr den harten Lößboden, sondern mageres Gras spürte.
»Es muß sein!«
Nadja schien recht zu behalten. Nach wenigen Minuten hörte man Hundegebell, diesmal viel näher. Nadja blieb stehen.
»Das ist Serko.«
»Kann sein«, sagte Michael.
»Nikolaus!« rief Nadja.
Doch ihr Ruf verhallte ohne Antwort über der südostsibirischen Steppe. Nur ein paar Raubvögel wurden aufgescheucht und verloren sich in den von Blitzen durchzuckten Höhen des Himmels. Beide lauschten. Nadja suchte angestrengt, konnte aber nichts entdecken, und doch erklang wiederum eine Stimme, ganz nahe, fast war es ein Flüstern:
»Michael!«
Ein Hund sprang herbei, nein, eigentlich kroch er, schleppte sich durch das Gras, und Nadja, die vor Angst schon vergehen wollte, erkannte Serko. Das treue Tier war über und über mit Wunden bedeckt, mit Blut beschmiert. Nikolaus konnte nicht weit sein. Nadja fand nicht mehr die Kraft, ihn zu rufen. Michael Strogoff bückte sich und tastete mit der Hand den Erdboden ab.
»Hallo, Nikolaus?«
Plötzlich bellte Serko und schoß auf einen riesigen Vogel los, der sich eben, seine gewaltigen Schwingen faltend, im Gras niedergelassen hatte. Es war ein Lämmergeier. Mit einem gezielten Hieb seines Krummschnabels traf der Aasfresser den Hund, und der Rüde sank entseelt zu Boden. Da entrang sich Nadjas Kehle ein Schrei des Entsetzens:
»Dort!«
Ein Kopf guckte aus der Erde. Nur ein paar Schritte noch, und sie wären über ihn gestolpert. Es handelte sich um den gänz-

lich entstellten Schädel des Postbeamten aus Kolyivan. Nikolaus war nach tatarischer Sitte bis zum Hals eingegraben und dann sich selbst überlassen worden. Seit drei Tagen harrte er so aus. Die Geier hatten den einsamen Kopf erspäht, und Serko hatte seinen Herrn aufopferungsvoll verteidigt. Vergeblich, denn jetzt kam jede Hilfe zu spät.

»Lebt wohl, Freunde! Es macht mich glücklich, euch noch einmal gesehen zu haben. Betet für mich!«

Und das waren Nikolaus Pigassoffs letzte Worte. Michael Strogoff grub mit seinem breiten sibirischen Jagdmesser im festgestampften Lehm, bis es gelang, den Körper herauszuziehen. Nadja horchte an der Brust des Telegraphisten. Sein Herz schlug nicht mehr. Sogleich machte sich der Kurier des Zaren ans Werk. Verbissen arbeitete er mehrere Stunden lang, dann war ein Grab geschaufelt, groß genug für Pigassoff und seinen treuen Hund. Eben waren die Toten gebettet, kniete Nadja im Gebet an der offenen Grube, da lärmte es von der Straße her. Michael Strogoff horchte. Es war das typische Getrappel eines Reitertrupps.

»Nadja, guck dich mal um.«

»Es sind Tataren!«

Tatsächlich jagte auf der Irkutsker Heerstraße die Vorhut Feofar-Khans vorüber. Die Fahnen des Emirs flatterten. Bucharische Kriegsgesänge verwehten über der Steppe.

»Nicht einmal jetzt lassen die einen in Ruhe!« rief Michael Strogoff. »Aber beim Begräbnis des armen Nikolaus sollen sie mich nicht stören.«

Und bald bedeckte die fette sibirische Erde den unglücklichen Nikolaus Pigassoff. Nadja, mit Tränen in den Augen, verrichtete ein letztes Gebet, während Michael Strogoff finsteren Blikkes die Reiterscharen musterte, die unablässig auf der Irkutsker Straße gen Osten stürmten. Drohend schüttelte er die geballte Faust.

»Fertig, Nadja?«

»Ja.«

»Los, vorwärts!«

Auf der Hauptstraße konnten die beiden jetzt nicht weiter, sondern sie mußten versuchen, sich auf Umwegen nach Irkutsk durchzuschlagen. Michael Strogoff nahm die völlig erschöpfte Nadja auf seine Arme und eilte in südlicher Richtung davon. Nur noch 300 km trennten ihn von seinem Ziel. Am 16. Juli

»Lebt wohl, Freunde! Ich bin glücklich, euch noch einmal gesehen zu haben. Betet für mich!« sagte der Kopf, und das waren seine letzten Worte.

war er in Moskau aufgebrochen, und er hatte nun den größten Teil seines Weges zurückgelegt. Aber würden seine Energien ausreichen, auch noch das letzte Stück zu bezwingen? Vor ihm erhoben sich die Gipfel des Sajansk-Gebirges, deren höchster, der Munku-Sardyk, 3493 m aufragt.
Es mag ein wenig unwahrscheinlich klingen, dennoch ist und bleibt es eine unumstößliche Tatsache, daß der Kurier des Zaren am Abend des 3. Oktober, also nach 15 Tagestouren, vor einer schier unbeschreiblichen Wasserfläche stand, die sich tiefgrau zu seinen Füßen bis in die Unendlichkeit dehnte, und das war der Baikalsee.
Der Wasserspiegel dieses ostsibirischen Süßwasserreservoirs liegt 500 m über dem Meeresspiegel. Seine größte Tiefe beträgt fast 1600 m. Demnach ist der Baikalsee tiefer als viele der großen Meere, und auch seine sonstigen Maße können sich sehen lassen. Seine Oberfläche umfaßt 33 000 km², seine Länge beträgt 700 km, 300 Zuflüsse speisen ihn. Aber nur ein Fluß verläßt den Baikalsee. Das ist die Angara, die an Irkutsk vorbeiströmt und sich bei Jenisseisk in den Jenissei ergießt.
Der Blinde stand schweigend an der Südspitze des Sees. Die Sonne war bereits untergegangen. Nachtfrost stieg von den Höhen des Baikalgebirges herab.
»Wie weit ist es noch, Michael?«
»60 km von hier bis zur Angara, von dort bis Irkutsk noch einmal 80 km, macht zusammen 140 km.«
»Drei Tagesmärsche?«
»Ungefähr.«
»Kannst du mich noch tragen?«
»Ja«, antwortete Michael Strogoff, obwohl er sich eingestehen mußte, daß seine Kräfte schwanden. Nadja wog mehr als einen Zentner, und allmählich machten sich auch bei Michael Strogoff die Anstrengungen der letzten Wochen bemerkbar. Manchmal spürte er in den Knien ein ganz leichtes Zittern, und ein merkwürdiges Ziehen in der Armmuskulatur gab ihm zu denken.
»Voran, Michael! Was zauderst du?«
»Ja, voran!« stieß der Kurier des Zaren hervor und schweratmend setzte er zum Endspurt an.

24

Irkutsk wird in Friedenszeiten von 30 000 Menschen bevölkert. Aus der Ferne betrachtet, macht die Stadt einen reichlich orientalischen Eindruck. Die Kirchtürme erinnern an japanische Vasen. Bleistiftdünne Minarette erheben sich. Bunt bemalte Kuppeln thronen wie Glucken auf den Dächern. Wer aber das im Jahre 1611 gegründete Handelszentrum betritt, bemerkt bald, daß dieser erste Eindruck täuscht. Zwar lassen sich gewisse chinesische, mongolische und japanische Einflüsse im Stadtbild nicht verleugnen, doch die Straßen sind asphaltiert, es gibt Bürgersteige, und der Verkehr unterscheidet sich kaum von dem einer westeuropäischen Stadt gleicher Größe. Nicht nur Tarantasse und Telegas, sondern hauptsächlich Einspänner, Berlinen, Fiaker, Kaleschen und Kutschen beleben die gepflegten Birkenalleen, und der Damenwelt von Irkutsk scheint Pariser Mode durchaus ein Begriff zu sein. Kurz und gut: ein Ort der Kultur, ein Vorposten der Zivilisation, dessen segensreiche Wirkung auf die umliegenden Entwicklungsländer gar nicht hoch genug eingeschätzt werden kann. Um so bedauerlicher, daß dieses Schaufenster des Westens jetzt in Gefahr war, von Barbaren überrannt zu werden. Was ereignete sich aber in und um Irkutsk, während Michael Strogoff in den Klüften des Sajansk-Gebirges hangelte?

Bereits am 24. September war der Khan von Kundus vor Irkutsk erschienen, und nur einen Tag später trafen Feofar-Khan und Iwan Ogareff mit ihren Truppen ein. Die Belagerung von Irkutsk hatte begonnen. Daß Ischim, Kolyivan, Omsk und Tomsk gefallen waren, wußte man in Irkutsk, noch bevor die Tataren vor den Mauern der Stadt ihr Lager aufgeschlagen hatten. Und ebenso hatte man erfahren, daß die feindlichen Heere unter dem Kommando Feofar-Khans sich der Residenzstadt näherten. Irkutsk, am Zusammenfluß des Irkut und der Angara gelegen, war durch die Feinde nicht überrascht worden. Man hatte sämtliche Brücken niedergerissen, die Vorstädte geräumt und auf der vom Wasser nicht geschützten Seite in fieberhafter Eile Erdwälle errichtet. Als daher die Barbaren kurz nach ihrer Ankunft die Stadt im Sturm nehmen wollten, wurden sie unter schwersten Verlusten zurückgeschlagen. Die Geschütze des Großfürsten waren gut plaziert. Man kann sich

vorstellen, wie Iwan Ogareff diese für ihn unerwartete Niederlage hinnahm. Wutentbrannt versuchte er es ein zweites Mal – mit demselben Mißerfolg. Doch als begabter, ausgebildeter und erfahrener Stratege wußte Ogareff, wie man eine Belagerung durchführt. Er umzingelte Irkutsk, belegte die Wallanlagen mit Artilleriefeuer und versuchte, durch wiederholte Sturmangriffe die Verteidiger zu zermürben. Trotz seiner überlegenen Stärke – in der Festung waren nur 2000 Mann stationiert – gelang es ihm nicht, einen Einbruch zu erzielen. Er mußte erkennen, daß tatarische Übermacht nicht ausreichte, die Tapferkeit und Entschlossenheit der Soldaten und Bürger von Irkutsk in absehbarer Zeit zu überwinden. Jedermann in der bedrohten Stadt tat in hervorragender Weise seine Pflicht. Am 2. Oktober fand im großen Saal des Gouvernementspalastes eine Versammlung führender Persönlichkeiten statt. Dieses am Ende der Boltschajastraße erbaute Palais diente dem Großfürsten während seiner Anwesenheit als Residenz, und Seine Kaiserliche Hoheit konnte aus den Fenstern der oberen Stockwerke das tatarische Feldlager ungehindert überblicken. Geschütze von größerer Reichweite, als sie den Tataren zur Verfügung standen, hätten das Gebäude zweifellos binnen einer Stunde in Trümmer gelegt. Es war Abend. Im Lager der Tataren loderten Feuer. Der Bruder des Zaren ließ die Vorhänge zuziehen und eröffnete die Lagebesprechung:
»Meine Herren, Sie wissen, wie die Dinge stehen. Ich hoffe und bin überzeugt, daß wir uns halten, bis Hilfe eingetroffen ist. Die Barbaren werden ihren Einfall in das moskowitische Reich teuer bezahlen.«
»Kaiserliche Hoheit können sich auf Garnison und Bevölkerung von Irkutsk verlassen«, sagte General Woranzoff, indem er sich verneigte.
»Recht so! Ich zolle dem Patriotismus meiner lieben Untertanen allen Respekt. Sie schlagen sich wacker. Dem Allmächtigen sei Dank, daß weder Hunger noch Seuche ihren Opfermut bisher schwächen konnten. Ich denke, das wird so bleiben. Sie hören meine Worte, und ich möchte darum bitten, die Bevölkerung meiner aufrichtigsten Bewunderung zu versichern.«
»Zu Befehl, Kaiserliche Hoheit«, antwortete der Vorstandsvorsitzende der Kaufmannsgilde, »und ich danke im Namen der Stadt für diese freundlichen Worte der Anerkennung. Darf

ich mir die Frage erlauben, wann mit der Ankunft der Entsatzarmee zu rechnen ist?«

»In sechs Tagen«, sagte der Großfürst. »Ein mutiger Kundschafter hat sich heute morgen in die Stadt geschlichen und gemeldet, daß General Kisseleff im Anmarsch ist. Vor zwei Tagen stand er in Kirensk an der Lena. Wenn 50 000 Russen den Tataren in die Flanke fallen, sollte das ausreichen!«

»Ich möchte mir die Bemerkung erlauben«, sagte der Vorstandsvorsitzende der Kaufmannsgilde, indem er stramme Haltung annahm, »daß die gesamte Bürgerschaft hinter Eurer Kaiserlichen Hoheit steht!«

»Danke«, sagte der Großfürst, »das erwarte ich auch. Und nun etwas anderes: die Angara führt Eis. Das Thermometer sinkt. Was, wenn die Schollen sich stauen, wenn sich eine Eisdecke bildet? In diesem Fall könnte der Tatar den Fluß überschreiten.«

»Kaiserliche Hoheit«, sagte der Vorstandsvorsitzende der Kaufmannsgilde, »ich habe schon mehrmals erlebt, daß die Temperatur unter —40° gesunken ist, ohne daß die Angara zufror. Das hängt mit der Schnelligkeit der Strömung zusammen. Sollten die Tataren also kein anderes Mittel finden, den Fluß zu überqueren, so möchte ich mich dafür verbürgen, daß sie nicht in die Stadt gelangen werden. Denn auf den Befestigungsanlagen kämpft die Einwohnerschaft von Irkutsk, und sie wird mit löwenhaftem Mut für Eure Kaiser . . .«

»Sehr schön«, unterbrach der Großfürst. »Herr Oberst, haben Sie mir gar nichts zu melden?«

»Doch, Kaiserliche Hoheit. Hier ist eine Bittschrift.«

»In wessen Namen?«

»Im Namen der 500 Verbannten, Kaiserliche Hoheit, die zur Zeit in Irkutsk einquartiert sind.«

»Was wollen die?«

»Sie ersuchen Kaiserliche Hoheit um die Erlaubnis, ein Regiment zu bilden und beim ersten Ausfall an der Spitze zu marschieren.«

»So. Na schön«, antwortete der Großfürst nach einigem Zögern, »auch die Verbannten sind schließlich Russen, und es ist ihre verdammte Pflicht, sich für das Vaterland zu schlagen. Wer aber soll sie führen?«

»Die Leute haben noch einen Wunsch«, sagte der Polizeichef, »sie bitten Kaiserliche Hoheit darum, einem aus ihrer Mitte das Kommando zu übertragen, und zwar einem gewissen Wassilij Fedor, ein Russe aus den baltischen Provinzen, ein tüchtiger Mann.«

»Seit wann in Irkutsk?«

»Seit zwei Jahren.«

»Und seine Führung?«

»Einwandfrei.«

Wenig später stand der Vater Nadjas vor dem Großfürsten. Er war ein Mann von etwa 40 Jahren, groß, hager, mit ziemlich traurigem Gesichtsausdruck und gelblichen Zähnen. Seine Augen erinnerten auffällig an die seiner Tochter. Ein Brief aus Riga hatte ihm den Tod seiner Frau und zugleich die Abreise seiner Tochter gemeldet. Nadja mußte die Heimat am 10. Juli verlassen haben. Am 15. Juli waren die Tataren über die russische Grenze gegangen. Wenn Nadja zur selben Zeit Sibirien betreten hatte, was war dann aus ihr geworden? Der unglückliche Vater verzehrte sich in Sorgen.

»Wassilij Fedor«, sprach der Großfürst, »deine Genossen haben mich gebeten, ein Elitekorps aus ihnen zu bilden. Es ist doch wohl klar, daß in einem solchen Korps jeder Mann bis zur letzten Patrone kämpft?«

»Bis zum letzten Atemzug!«

»Gut so. Nun wollen sie dich als Anführer haben . . .«

»Sofern es das Heil Rußlands erfordert, Kaiserliche Hoheit, bin ich bereit.«

»Kommandant Fedor«, sprach der Großfürst feierlich, »du bist nicht länger mehr Verbannter!«

»Dank, Kaiserliche Hoheit. Kann ich aber Männer befehligen, die es noch sind?«

»Amnestie für alle, Wassilij Fedor!« sagte der Großfürst und reichte dem zutiefst ergriffenen Arzt aus Riga die Hand. Dann, als Nadjas Vater den Raum verlassen hatte, wandte er sich lächelnd an seine Offiziere:

»Der Zar wird nichts dagegen haben. Wir brauchen Helden in Irkutsk, und die habe ich soeben in die Welt gesetzt!«

»Wenn ich mir die Bemerkung erlauben darf, Hoheit«, sagte der Vorstandsvorsitzende der Kaufmannsgilde von Irkutsk, »die gesamte Bevölkerung der . . .«

»Danke!« erwiderte der Großfürst. Von den Türmen der Stadt schlug es 10 Uhr. Seine Hoheit war müde. Die Offiziere sahen es, schwiegen und warteten. Auch sie hatten einen anstrengenden Tag hinter sich und wären durchaus damit einverstanden gewesen, wenn sich der Großfürst nun in seine Gemächer zurückgezogen hätte. Doch plötzlich erklangen vor dem Palais aufgeregte Stimmen. Schritte prasselten im Treppenhaus und über die Steinfliesen des Flurs. Die Tür des Salons wurde aufgestoßen, ein Adjutant erschien auf der Schwelle und meldete atemlos:

»Hoheit, ein Kurier des Zaren!«

Im selben Augenblick wankte eine Gestalt herein. Es war ein Mann, ein Landstreicher. Er trug das zerrissene Kleid eines sibirischen Bauern, auf dem Kopf eine durchlöcherte Pelzmütze. Eine schlecht vernarbte Wunde lief quer über sein Gesicht. Seine Stiefel sahen nach einigen tausend Kilometern aus.

»Bist du ein Kurier des Zaren?«

»Jawohl, Hoheit!«

»Hast wohl allerhand durchgemacht, was?«

»Ich bin seit 11 Wochen unterwegs.«

»Dein Name?«

»Michael Strogoff.«

Es war Iwan Ogareff. Unter Einsatz seines Lebens hatte er sich vor wenigen Stunden in die belagerte Stadt geschlichen und spielte nun die Rolle desjenigen, den er unschädlich gemacht zu haben glaubte. Und er konnte das verhältnismäßig ungefährdet tun, denn weder der Großfürst noch irgend jemand sonst kannte ihn in Irkutsk. Was tatarische Übermacht bisher nicht hatte durchsetzen können, das sollte nun die List bewirken.

»Du hast einen Brief vom Zaren?«

»Hier, Hoheit!«

Der Großfürst nahm das Papier, das Iwan Ogareff ihm reichte, erkannte die Handschrift seines Bruders und nickte. Auf seinen Wink entfernten sich die Offiziere. Der Großfürst blieb mit seinem Todfeind allein. Er las die Botschaft mehrmals durch, bevor er wieder zum vermeintlichen Kurier des Zaren sprach.

Doch sei der Rest dieser makabren Szene übergangen. Es gelang Iwan Ogareff vollkommen, den Großfürsten zu überzeugen. Wie hätte der Verteidiger von Irkutsk auch Verdacht schöpfen können? Der Verbündete Feofar-Khans hielt alle Trümpfe in seiner Hand, und er spielte sie mit Geschick und Bedacht aus. Nur dies:

»Ist dir bekannt, Michael Strogoff, daß in diesem Schreiben vor einem Verräter gewarnt wird?«
»Jawohl, Kaiserliche Hoheit!«
»Er soll versuchen, sich unter falschem Namen bei mir vorzustellen, mein Vertrauen zu gewinnen, um dann im passenden Moment die Stadt dem Tataren auszuliefern.«
»Das alles weiß ich, Hoheit. Ich war gezwungen, das Siegel zu lösen und den Inhalt des Schreibens zu lesen, damit ich notfalls wenigstens den Wortlaut melden konnte. Ich weiß auch, daß Iwan Ogareff geschworen hat, sich persönlich am Bruder des Zaren zu rächen.«
»Warum?«
»Man sagt, dieser Offizier sei in demütigender Weise von Seiner Hoheit degradiert worden.«
»Ach ja. Ich erinnere mich. Aber er hat diese Strafe verdient, dieser Schurke, der später sein Vaterland verraten sollte.«
»Sehr wohl, Hoheit!«
Nach diesem Wortwechsel hatte Ogareff endgültig gewonnen. Der Großfürst entließ ihn mit Belobigungen. Der Fall von Irkutsk schien besiegelt.

25

Was der falsche Kurier von seiner Reise durch Sibirien zu erzählen wußte, sprach sich in Windeseile in Irkutsk herum. Ogareff berichtete von Gefangenschaft, von Zweikämpfen und Flucht, von tatarischer Folter, von Abenteuern jeglicher Art, und diese dem Schicksal Michael Strogoffs nachempfundenen Märchen verschafften ihm die einmütige Bewunderung seiner Zuhörer. Mehr noch aber als Ogareffs angebliche Heldentaten bewunderte man seine Bescheidenheit, seine Unaufdringlichkeit. Denn der Verräter war geschickt genug, um mit seinen Geschichten nicht hausieren zu gehen. Er wartete, bis man ihn fragte, und selbst dann antwortete er nur kurz und unlustig, als sei er peinlich berührt, soviel Interesse zu finden.
»Sie haben wirklich diesem Feofar gegenübergestanden?«
»Ja, in Tomsk.«
»Donnerwetter. Und das ist gutgegangen?«
»Wäre ich sonst hier?«

Kein Wunder, daß Ogareff recht bald eine Vorzugsstellung in der belagerten Stadt genoß. Man suchte seine Nähe, seinen Rat. Der Großfürst und seine Offiziere baten ihn um Auskunft über das tatarische Militär. Man erblickte nicht zuletzt in diesem Mann aus Moskau, in diesem Abgesandten des Zaren, der den Feinden so erfolgreich widerstanden hatte, ein Symbol. Aus seinen Worten schöpften die Verteidiger Hoffnung, ja schon seine Gegenwart stärkte ihren Mut.

Hätten sie doch beobachtet, was dieser ehrenwerte Herr trieb, wenn er am Abend auf den Wallanlagen spazierenging. Statt dessen bestaunte man die Furchtlosigkeit, mit der er sich dort den Kugeln der Feinde aussetzte (die ihn seltsamerweise mieden). Kleine Zettel, die Ogareff in der Tasche trug und in den Wind warf, trudelten hinab. Eine dunkle Gestalt huschte am Fuße der Mauern entlang, fing sie auf und entfernte sich rasch: Sangarre.

Und mit sich trug die Zigeunerin die neuesten Informationen über die Stärke der russischen Bataillone, über die Maßnahmen der Verteidiger und die Absichten des Verräters, Aufzeichnungen, die das Ende von Irkutsk bedeuten mußten.

Iwan Ogareffs Plan war einfach, aber klug durchdacht. Er hatte schon am ersten Tag die schwachen Punkte im Verteidigungsring entdeckt. Seine Wahl fiel auf das Boltschaja-Tor, eine Pforte in den Mauern der Stadt, und zwar auf der vom Wasser nicht geschützten Seite. Dieses Tor wurde allerdings von Wassilij Fedor und seinen 500 Mann gehalten, eine zu fanatische Truppe, als daß sie von Tataren überwunden werden könnte. Die ehemaligen Verbannten, darauf versessen, sich ihre Amnestie im nachhinein zu verdienen, würden mit Sicherheit auch einem Überraschungsangriff standhalten, zumal sie gut bewaffnet waren. Man würde sie also ablenken müssen. Ogareffs strategische Idee war folgende: einen Scheinangriff an der Angara vortragen; warten, bis sich die stärksten Kräfte der Verteidiger am Ufer des Flusses konzentrierten; dann plötzlich und im Schutz der Dunkelheit das Boltschaja-Tor mit aller Macht berennen.

Der 5. Oktober kam. Den ganzen Tag über herrschte im Lager der Tataren lebhaftes Treiben. Von den Fenstern des Palais aus war deutlich zu erkennen, daß irgendwelche Vorbereitungen im Gange waren. Zahlreiche Truppen ver-

stärkten das Lager des Emirs auf der gegenüberliegenden Seite des Flusses. Das aber war ein Täuschungsmanöver. Die Beobachter sollten in der Annahme bestärkt werden, daß die Uferseite der Stadt bedroht sei. Den tatarischen Soldaten war jedoch befohlen, nach Anbruch der Dämmerung das Lager Feofars wieder zu verlassen und sich in den Wäldern vor dem Boltschaja-Tor bereitzuhalten.
Ogareff, nach seiner Deutung der tatarischen Operationen gefragt, war um eine Antwort nicht verlegen. Er sei davon überzeugt, daß Feofar nicht die mit Artillerie gesicherten Befestigungen angreifen würde.
»Meine Herren, ich kenne den Tataren. Ehe er sich unserem Geschützfeuer aussetzt, das ihm schon zweimal eine Schlappe beigebracht hat, wird er den Übergang riskieren.«
Übrigens stand der falsche Kurier mit seiner Meinung keineswegs allein da. Die meisten dachten wie er, und schließlich ließ sich auch der noch zögernde Großfürst überreden. Die bedrohte Flanke wurde verstärkt. Damit hatte der Verräter sein Ziel erreicht. Zwar konnte er nicht darauf rechnen, daß das Boltschaja-Tor gänzlich unbesetzt sein würde. Zweifellos aber würden die Tataren bei ihrem Angriff dort auf eine geschwächte Verteidigung treffen.
An diesem Tage ging die Sonne um 17.40 Uhr unter. Noch zwei Stunden kämpfte die Dämmerung gegen die Nacht. Dann senkte sich tiefe, wolkenverhangene Finsternis über Irkutsk, ein Umstand, der das Vorhaben Ogareffs begünstigte. Der Verräter hielt sich im Palais auf. Gleich ihm beobachteten der Großfürst und seine Offiziere aufmerksam die Bewegungen im Lager der Tataren, soweit sie erkennbar waren. Doch bis Mitternacht trug sich nichts Bemerkenswertes zu. Im Osten völlige Ruhe. Im Westen, jenseits des Flusses, nichts Neues. Die Verteidiger begannen sich zu fragen, ob sie in die Irre geführt worden seien. Planten die Tataren wirklich, die Stadt zu überrennen? Heute? Die Nächte zuvor waren nicht so ruhig gewesen. Gewehrfeuer, Artilleriebeschuß hatte es immer gegeben.
Kurz vor 2 Uhr ließ der Großfürst Michael Strogoff zu sich bitten – es war der einzige Name, den er Iwan Ogareff geben konnte –, um ihn nach seiner Meinung zu fragen. Der Adjutant klopfte an der Tür zu Ogareffs Zimmer. Es kam keine

Antwort. Die Tür war verriegelt. Man meldete dem Großfürsten, der Kurier des Zaren sei zur Zeit nicht im Hause.
Aber in Wirklichkeit stand er unbeweglich am Fenster seines Zimmers und starrte hinüber zum Lager Feofars, wo die Feuer anscheinend so friedlich niederbrannten. Als es vom Turm der Kathedrale 2 Uhr schlug, öffnete er einen Fensterflügel und sprang behende auf eine Terrasse. Unter ihm strömten die ölig glucksenden Fluten der Angara. Iwan Ogareff langte Feuerstahl und Zunder aus seiner Tasche, setzte den Zunder in Brand und schleuderte ihn in den Strom.
Etwas Unfaßliches geschah. Als bestünde der Fluß aus Spiritus, entzündete er sich nach und nach. Bläuliche Lichter flackerten zunächst zwischen den beiden Ufern hin und her, dann erhoben sich einzelne Flammen, und plötzlich, mit Urgewalt, in einer einzigen dumpf donnernden Explosion, loderte eine Feuersbrunst von so entsetzlichem Ausmaß gen Himmel, daß die wenigen Eisschollen, die auf dem Flusse trieben, in wenigen Sekunden geschmolzen waren wie Wachs auf einer glühenden Ofenplatte. Nur kurze Zeit später kochte bereits der gesamte Strom, sandte er gewaltige Mengen von heißem Dampf unter viehischem Gestöhne in die Lüfte. Rötliches, von Waschküchengeruch durchzogenes Inferno tauchte Irkutsk in gleißende Helligkeit.
»Endlich!« rief Iwan Ogareff.
Was war geschehen? Auf Geheiß des Verräters waren oberhalb von Irkutsk, und zwar in der Nähe des 300 Einwohner beherbergenden Dörfchens Poskawsk, Erdölquellen angeschlagen worden. Die leicht entzündbare Flüssigkeit hatte sich aus einem etwa 17 000 000 m^3 umfassenden natürlichen Reservoir unter dem Druck mehrerer Atmosphären in den Fluß ergossen, wo sie infolge ihres leichteren spezifischen Gewichtes auf dem Wasser schwamm. Sie in Brand zu setzen, hatte ein Funke genügt.
Wahrlich, Iwan Ogareff durfte sich Beifall klatschen. Die Verwirrung unter den Verteidigern war vollständig. Wie sollten sie auch Haltung bewahren? Von Norden, Süden und Osten stürmten auf einmal johlende Tataren heran. Das Wasser brannte. Die Nacht war zum Tage geworden. Alle Glocken läuteten. Die Hitze des Brandes benahm den Atem. Das Weltende schien gekommen.
Iwan Ogareff ging zurück in sein Zimmer, um ihm in aller

Ruhe und mit zufriedenem Lächeln zuzusehen. Aber er hatte sich kaum in Positur gestellt, als eine Frauengestalt mit triefenden Kleidern und zerzaustem Haar hereinstürzte und ihn in seiner Betrachtung störte.
»Sangarre ...?« rief Ogareff, der von der Helligkeit draußen so geblendet war, daß er nichts erkennen konnte. Doch es war nicht die teuflische Zigeunerin, sondern – NADJA! Vor wenigen Minuten hatte sie mit Michael Strogoff Irkutsk erreicht, und beide waren oberhalb des rasch stromabwärts ziehenden Flammenmeeres durch die Angara geschwommen, hatten sich unverzüglich in den Gouverneurspalast begeben, sich dort aber in der aufgeregten Menge verloren. Nun war die Livländerin auf der Suche nach ihrem blinden Gefährten und sah sich dem Verräter gegenüber.
»Iwan Ogareff!« schrie sie.
Als der Schurke seinen Namen rufen hörte, erbebte er vor Wut und Angst. Kein Zweifel, er stand dicht vor dem Endsieg. Sollte er jetzt, den lodernden Triumph schon vor Augen, noch scheitern? Ogareff riß einen Dolch aus seinem Gürtel, stürzte sich auf das wehrlose Mädchen und drängte es in eine Ecke des Zimmers.
»Bist du still?!«
»Iwan Ogareff!« schrie Nadja wiederum, in der Hoffnung, dieser verhaßte Name würde Hilfe herbeiholen. Doch der Verbrecher zögerte nicht länger. Er holte aus, sein Messer blitzte ... da lag er plötzlich, von einer unwiderstehlichen Kraft gepackt und geworfen, am Boden.
»Michael!« rief Nadja.
Der echte Kurier des Zaren war erschienen.
»Fürchte nichts, Nadja!« rief er und stellte sich zwischen das Mädchen und Ogareff. Der aber war schnell wieder auf den Beinen. Mit einem Blinden gedachte er nicht viel Federlesens zu machen, und er sprang mit gezücktem Dolch seinen Gegner an in der Meinung, ihn ohne Schwierigkeiten erledigen zu können. Doch mit der einen Hand entriß ihm der Blinde die Waffe und mit der anderen stieß er ihn ein zweites Mal zu Boden.
»Schließ die Tür zu, Nadja!« sagte Michael. »Jetzt wird abgerechnet!«
Ogareff quittierte diesen Zuruf mit höhnischem Lachen. Obwohl er sich an Ischim und Tomsk erinnerte, fürchtete er den Rachedurst unseres Helden nicht. Er sah in dem Blinden be-

reits das Opfer des Kampfes, zog seinen Degen aus der Scheide und duckte sich. Lautlos näherte er sich seinem Gegner. Es kam ihm gar nicht in den Sinn, sich ehrlich zu schlagen. Er wollte Michael Strogoff treffen, bevor dieser seine Annäherung bemerkt hatte.
Der Blinde besaß statt eines Degens nur das sibirische Jagdmesser, das Nadja damals in Alsalewsk gefunden hatte. Aber welche himmlische Gnade bewirkte es, daß er dem Meuchelmörder auf so krasse Weise überlegen war? Jeden Stoß des Degens wehrte er mit der breiten Klinge ab. Iwan Ogareff betrachtete von Angst gepeinigt diesen seltsamen Gegner, der sich kaum rührte, dessen tote Augen ihn unaufhörlich verfolgten. Er trat einen Schritt zurück und stieß von neuem zu. Eine einfache Parade mit dem Messer genügte, die Stoßrichtung des Degens zu verändern. Rasend vor Wut und angesichts dieser lebendigen Statue von Panik ergriffen, starrte der Verräter in die Augen des Blinden, in diese Augen, die auf dem Grunde seiner Seele zu lesen schienen. Und plötzlich gellte ein Schrei des Entsetzens, eine jähe Erkenntnis durchzuckte Iwan Ogareff:
»Er sieht! Er sieht!«
»Ja, ich sehe«, flüsterte Michael Strogoff, »ich sehe die Narbe, mit der ich dich gezeichnet habe, Feigling und Verräter. Ich sehe die Stelle, wo ich dich treffen werde. Es ist soweit!«
Jetzt fühlte sich Iwan Ogareff verloren. Eiskalter Schweiß perlte ihm über die Backen. Speichel troff aus seinem Munde. Seine Degenspitze zitterte wie eine Kompaßnadel, wie ein Sekundenzeiger. Sein Herzschlag war so laut, daß er den fernen Geschützdonner übertönte. Doch er riß sich zusammen, blinzelte bösartig und stürzte sich auf seinen Gegner. Zum letzten Mal, denn die Klingen kreuzten sich zwar, aber Michael Strogoffs Messer zerhieb den Degen in Stücke, und der Erzschurke sackte, ins Herz getroffen, auf das Parkett. Da tat sich die Tür auf. Der Großfürst trat in Begleitung einiger Offiziere ein und rief mit drohender Stimme:
»Wer hat diesen Mann ermordet?«
»Ich«, antwortete Michael Strogoff.
Einer der Offiziere setzte dem Täter seinen Revolver an die Stirn, bereit, auf einen Wink des Großfürsten den Finger zu krümmen.
»Dein Name?«

»Möchten Kaiserliche Hoheit«, erwiderte Michael Strogoff, »nicht lieber nach dem Namen desjenigen zu fragen geruhen, der zu Euren Füßen liegt?«

»Den kenne ich. Er ist ein Diener meines Bruders, ein Kurier des Zaren!«

»Nein, Kaiserliche Hoheit. Dieser Mensch war kein Kurier des Zaren. Es war Iwan Ogareff!«

»Iwan Ogareff?« rief der Großfürst erbleichend.

»Jawohl.«

»Und du, wer bist du?«

»Michael Strogoff!«

»O Gott«, sagte der Bruder des Zaren, »jetzt wird mir manches klar!«

26

Gegen Schluß dieser Erzählung scheinen einige Erklärungen zum besseren Verständnis vonnöten. Wie war es zum Beispiel möglich, daß Michael Strogoff die Sehkraft so unerwartet zurückgegeben wurde?

Nun, unser Held war niemals blind gewesen. Ein eigentlich recht gewöhnlicher Vorgang hatte die Wirkung der auf Weißglut (etwa 1200°) gebrachten Stahlklinge vollkommen neutralisiert, ein Vorgang von zugleich physischer und psychischer Natur: Weinen. Man wird sich daran erinnern, daß im Augenblick der Urteilsvollstreckung Marfa Strogoff zugegen war und nach ihrem Sohn die Hände ausstreckte. Welchen Sohn hätte der Anblick seiner verzweifelten Mutter nicht zu Tränen gerührt? Ja, und diese Tränen der Sohnesliebe, die Michael Strogoff vergeblich zurückzuhalten versucht hatte, waren es gewesen, die zwischen dem glühenden Säbel und der Hornhaut des Delinquenten eine Dunstschicht gebildet hatten, eine winzige Dampfwolke, stark genug, dem Schicksal ein Schnippchen zu schlagen. Tauchen Sie, lieber Leser, einmal Ihre Hand in Wasser und führen Sie sie dann durch einen Strahl flüssigen Eisens (aber schnell!).

Wissen Sie, was passiert? Nichts.

Und genauso war es Michael Strogoffs Sehnerven ergangen.

Er hatte natürlich im Nu die Gefahr begriffen, in die er geraten wäre, wenn er sein Geheimnis preisgegeben hätte. Niemals und niemandem durfte er verraten, daß seine Sehkraft keinerlei Schaden genommen hatte. Denn einen Blinden, so spekulierte er ganz richtig, würde man unbehelligt lassen. Bloß seine Mutter kannte die Wahrheit. Ihr hatte er in Tomsk ins Ohr geflüstert, wie es wirklich um ihn stand.

Nun begreift man auch, daß Michael Strogoff, als ihm Ogareff mit grausamem Hohn das kaiserliche Schreiben vor Augen gehalten hatte, die Botschaft Wort für Wort, Zeile für Zeile gelesen hatte. Daher sein unbezähmbarer Wille, doch noch nach Irkutsk zu gelangen. War ihm doch klar, daß das Wohlergehen des Zarenbruders, das Heil Sibiriens in seinen Händen lag.

Mit wenigen schlichten Worten wurde diese Geschichte dem Großfürsten berichtet, und Michael Strogoff vergaß auch nicht, die Rolle zu erwähnen, die Nadja bei all diesen Ereignissen gespielt hatte.

»Wer ist dieses Mädchen?« fragte der Großfürst.

»Die Tochter des Verbannten Wassilij Fedor«, antwortete Michael Strogoff.

»Die Tochter des Kommandanten Fedor«, verbesserte der Großfürst nicht ohne Rührung, »in Irkutsk gibt es keine Verbannten mehr!«

Überflüssig zu sagen, daß in dieser Nacht die Tataren vernichtend geschlagen wurden. Wassilij Fedor hatte mit seinem kleinen Korps die Sturmangriffe der Tataren zurückgewiesen. Im Morgengrauen lag Nadja in den Armen ihres tapferen Vaters.

Kurz danach traf übrigens General Kisseleff mit seinen Truppen ein. Beim ersten Donnerschlag der russischen Geschütze ergriffen die gänzlich entmutigten Tataren die Flucht, und sie wurden vor Irkutsk seitdem nie wieder gesehen.

Bleibt noch von einer einfachen, aber würdigen Feier zu berichten, die eine Woche darauf in der Irkutsker Kathedrale unter großer Anteilnahme der Bevölkerung stattfand: Nadja und Michael wurden endlich ein Paar. Aber waren sie es nicht schon von Anfang an gewesen?

Die große Jules Verne Ausgabe bei Bärmeier & Nikel in 20 Bänden

»Die schönsten Bücher von Jules Verne, leinengebundene Bände auf gutem Papier und mit berühmten alten Stichen versehen und jeder Band kostet nur zehn Mark, ich meine, das wäre für das Gebotene fast geschenkt . . . « Neue Presse

Jeder Band 2 Romane
Jeder Band 40–50 Holzstiche
Jeder Band nur 10 Mark